Megazoff bei den Windsors

Megazoff bei den Windsors

Comedy

Siegfried Schilling

Impressum

© 2017 Siegfried Schilling

Herstellung und Verlag: BoD – Books on Demand, Norderstedt

ISBN 9-783743-124844

Printed in Germany

Bibliografische Information der Deutschen Nationalbibliothek

Die Deutsche Nationalbibliothek verzeichnet diese Publikation in der Deutschen Nationalbibliografie; detaillierte bibliografische Daten sind im Internet über http://dnb.d-nb.de abrufbar.

Inhalt

„Megazoff bei den Windsors" ist eine schrille, tabulose, freche und witzige Comedy - und viel mehr. Sie repräsentiert ein neues Genre, das der ehemalige Wochenshow-Autor Siegfried Schilling entwickelt hat und vergleichbar mit dem Comic ist: die Shortcut-Comedy. Im Mittelpunkt des Stücks steht die englische Königsfamilie, die nicht nur satirisch aufs Korn genommen, sondern erbarmungslos vorgeführt wird. Das gut strukturierte und temporeiche Skript besticht durch seine treffenden Dialoge im Zusammenhang mit einem genial aufgebauten Handlungsbogen. Selbst den verwöhnten Comedy-Freund begeistert es durch seine geradezu unglaubliche Fülle und Dichte an Gags und Wortwitz. Inhaltlich befasst sich das Stück mit den Intrigenspielen um die Nachfolge von Königin Elisabeth II. auf dem englischen Thron. „Queeny", wie sie von Charles und ihren Enkeln genannt wird, ist nicht zimperlich, wenn es darum geht, ihrem geliebten William zur Krone zu verhelfen. Aber auch Charles fällt eine Menge ein, um doch noch zum "Königs-Job" zu kommen. Das geniale Stück endet mit einem gewaltigen Paukenschlag und einer handfesten Überraschung. Es lässt sich gut lesen, sofern man aus dem Lachen wieder herauskommt, und auf die Bühne bringen.
Die Aufführungsrechte kann man beim Autor erwerben. Bestellungen beim Autor unter der eMail-Adresse: sschilling2@googlemail.com oder (04121)7893961

Ort: Buckingham-Palace

Zeit: Vor Williams Beziehung mit Kate

Personen: Queen (Königin Elisabeth II.)
QUEEN2 (Doppelgängerin der Queen)
Prinz Philip
Prinz Charles
Camilla
Prinz William
Prinz Harry
Butler James
Briefträger John Milton
Vivian (Williams Freundin)
Sue (Harrys Freundin)
Kardinal (Stimme)
Reporter

Im Wohnzimmer des Buckingham Palace

CHARLES, WILLIAM und HARRY stehen hinter der Gardine am Fenster und beobachten mit Ferngläsern eine attraktive junge Frau in einer Gruppe von Gärtnern und Gartenarbeitern

CHARLES *(zu William)*
Du hast wirklich nicht übertrieben, William. Mein Gott, und so etwas arbeitet im Garten.

HARRY *(zu Charles)*
Dir wäre es wohl lieber, sie würde unter Dir arbeiten - nicht, Paps?

WILLIAM *(zu Harry)*
Die wird wohl kaum auf einen Grufti wie Paps stehen.

CHARLES *(zu William)*
Bei meinem Aussehen spielt das Alter keine Rolle.

WILLIAM *(zu Charles)*
Stimmt. Du warst seit jeher chancenlos.

HARRY *(begeistert)*
Eh, seht Euch das an: Ihre Möpse... Geil...

DIE DREI PRINZEN *(gleichzeitig)*
Wow...

PRINZ PHILIP tritt ein. In der Hand hat er ein Rätselheft

PHILIP
Was geht denn hier ab?

Die drei PRINZEN drehen sich gleichzeitig um und nehmen die Ferngläser herunter

CHARLES
Wer ist denn das?

WILLIAM
Vielleicht die neue Küchenfee?

WILLIAM
Dann sollte sie noch mal rausgehen, anklopfen und auf „herein!" eintreten!

PHILIP
Ihr seid ungemein witzig, wirklich. Sagt mal, habt Ihr nichts Besseres zu tun, als unser Personal...

CHARLES *(zu Philipp)*
... junges, weibliches Personal...

PHILIP
... zu beobachten?

Die DREI PRINZEN (gleichzeitig)
Nein.

PHILIP
Na ja, welche Antwort hab´ ich auch erwartet? Aber sagt mal: englisches Königsgeschlecht mit sieben Buchstaben…? Win…Win…Win… Ich komme einfach nicht drauf…

WILLIAM
Vielleicht ist es längst ausgestorben.

CHARLES, WILLIAM und HARRY lachen lauthals

PHILIP
Hm. Und hier: Gemahl der englischen Königin? Der erste Buchstabe ist ein P.

CHARLES
Ist die überhaupt verheiratet?

CHARLES, WILLIAM und HARRY lachen lauthals

PHILIP
Ich muss Liz nachher mal fragen. Die kennt sich damit aus.

PHILIP setzt sich an einen Tisch und brütet weiter über das Kreuzworträtsel. CHARLES, WILLIAM und HARRY kratzen sich am Kopf und schauen sich vielsagend an

Die drei PRINZEN *(gleichzeitig)*
Oh, oh…

Das Telefon klingelt. Die drei PRINZEN legen ihre Ferngläser auf einen Tisch und stürzen zum Telefon. Nach kurzer Rangelei bringt CHARLES schließlich den Telefonhörer an sich, indem er eine Karatestellung einnimmt

CHARLES
Ja, bitte? Ach, Du bist es, Camilla! Das ist ja nett, dass Du anrufst.

CHARLES hält die Mikrofonseite des Telefonhörers zu

CHARLES *(zu den Umstehenden)*
Wieder so eine, die sich für Camilla ausgibt.

WILLIAM schaltet den Lautsprecher an, so dass alle mithören können

CAMILLA
O Charles, Du stürmischer Reiter, weißt Du was? Ich brauche einen Mann, einen starken Mann - jetzt, sofort!

CHARLES
Und weshalb rufst Du mich dann an?

CAMILLA
Komm zu mir, Charles, bitte: Besorg es mir in Deinem Schottenrock!

CHARLES (laut)
Ich hab´ keinen Bock.

CHARLES legt auf. Alle brechen in lautes Gelächter aus.

Das Telefon klingelt erneut. WILLIAM schnappt sich den Hörer

WILLIAM
Ich könnte es Dir besorgen. Ich hab´ auch einen Schottenrock.

KARDINAL
Danke für Dein Angebot, William. Aber es gibt Dinge, die ein Kardinal allein erledigen muss. Ist die Queen vielleicht…?

WILLIAM legt rasch auf. Die drei PRINZEN sehen einander an und brechen in lautes Gelächter aus, während PHILIP mit dem Kopf schüttelt. Das Telefon klingelt wieder, hört aber nach einer Weile auf, als niemand abnimmt. Die drei PRINZEN setzen sich zu PHILIP an den Tisch

PHILIP *(zu William)* Du bist ja ein ganz Schlimmer, William. Dabei siehst Du immer so aus, als ob Dich kein Wässerchen trüben könnte.

CHARLES
Ja, ja, früh trübt sich...

PHILIP
Gut, dass ich nicht alles weiß, was so hinter meinem Rücken passiert.

CHARLES *(zu Philip)*
Du weißt auf jeden Fall genug.

PHILIP *(zu Charles)*
Ja, und kann schweigen wie ein Grab.

CHARLES *(zu Philip)*
Wenn Du drin liegst.

CHARLES, WILLIAN und HARRY brechen in lautes Gelächter aus, während PHILIP verständnislos mit dem Kopf schüttelt und sich wieder auf sein Kreuzworträtsel konzentriert

WILLIAM
Ich hab´ Durst. Wollt Ihr auch eine Cola?

CHARLES und HARRY nicken zustimmend

WILLIAM *(zu Philip)*
Möchtest Du etwas trinken, Opa?

Philip reagiert nicht, sondern starrt nur auf sein Kreuzworträtsel-Heft

WILLIAM
Auch gut.

WILLIAM betätigt eine Klingel auf dem Tisch, um den Butler JAMES zu rufen, der kurz darauf erscheint

JAMES *(ärgerlich)*
Haben Sie geläutet?

WILLIAM *(zu James)*
Gratuliere zu Ihren Lauschern, James. Bringen Sie uns doch

bitte drei Cola, und zwar weder gerührt, noch geschüttelt.

HARRY *(zu James)*
Sonst schütteln wir Sie ungerührt.

CHARLES *(zu James)*
Und bitte noch vor dem Ende aller Tage.

JAMES *(ärgerlich zu Charles)*
Das kann ich nicht versprechen, denn das könnte ja schon im nächsten Augenblick sein.

Der Diener JAMES verlässt den Raum. PRINZ PHILIP steht auf

PHILIP
So, ich leg mich `n bisschen aufs Ohr: Das Kreuzworträtsel-Lösen hat mich doch sehr angestrengt. Wird auch immer schwieriger.

PRINZ PHILIP verlässt mit dem Rätselheft in der Hand den Raum. Die drei PRINZEN sehen sich viel sagend an

WILLIAM *(zu Charles)*
Wie war eigentlich das Polo-Match neulich, Paps? Du hast gar nichts erzählt...

CHARLES *(zu William)*
Na, ich sag Dir, das war ein Match, das ich nie vergessen werde - wenn ihr mich täglich daran erinnert. Es hat geschüttet wie aus Eimern. Pferde sind gestürzt und haben die Spieler unter sich begraben. Einigen mussten wir die Kugel

geben, damit sie sich nicht so quälen.

HARRY *(zu Charles)*
Spielern oder Pferden?

CHARLES *(zu Harry)*
Ich weiß nicht. Wir konnten einfach nicht hinsehen.

WILLIAM und Harry *(gedehnt)*
Hahaha.

WILLIAM *(zu Charles)*
Und wie war es nun wirklich?

CHARLES *(zu William)*
Das Match ist ausgefallen.

HARRY
Wo bleibt denn James?

HARRY betätigt noch einmal die Klingel. JAMES erscheint und stellt das Tablett mit den Cola-Flaschen auf den Tisch

JAMES *(ärgerlich)*
Sie haben schon wieder geläutet?

HARRY *(zu James)*
Können Sie sich nicht mal ein bisschen beeilen, James?

JAMES *(zu Harry)*
Das wäre ja gegen meine Natur und würde den Naturschützer in mir auf den Plan rufen.

WILLIAM *(zu James)*
Wir werden Ihnen mal Beine machen, James.

JAMES *(zu William)*
Sagen Sie Bescheid, wenn Sie damit fertig sind.

CHARLES *(zu James)*
Wollen Sie eigentlich, dass wir Ihren Arbeitsvertrag verlängern?

JAMES *(zu Charles)*
In Ihrem Interesse. Sonst müssten Sie sich nämlich selbst bedienen.

CHARLES *(zu James)*
Das tun wir doch schon - aus der englischen Staatskasse.

Die drei PRINZEN brechen in lautes Gelächter aus. JAMES dreht sich um und geht zur Stubentür, die von der QUEEN geöffnet wird. Sie hat eine kleine Gießkanne in der Hand

JAMES (zur Queen)
Na.

QUEEN (zu James)
Na, und?

Die beiden wollen aneinander vorbeigehen, versperren sich aber, gleichzeitig nach links oder rechts ausweichend, jedes Mal den Weg - bis sie voreinander stehen bleiben. JAMES packt kurzentschlossen die QUEEN an der Hüfte und stellt sie zur Seite, um weiterzugehen

Die QUEEN kneift JAMES in die Wange

QUEEN *(zu James)*
Bin ich ein Möbelstück, oder vielleicht doch die Queen, James?

JAMES *(zur Queen)*
Für ein Möbelstück sind Sie viel zu beweglich, Mam.

QUEEN *(zu James)*
Und geht man so mit seiner Queen um?

JAMES *(zur Queen)*
Ich hab meinen Knigge für den Umgang mit Gekrönten gerade nicht dabei.

QUEEN *(zu James)*
Den sollen Sie auch im Kopf haben.

JAMES *(zur Queen)*
Der ist angefüllt mit guten Ideen, wie ich Ihnen das Leben erleichtern kann.

Die QUEEN lässt JAMES los

QUEEN *(zu James)*
Ja, jetzt beispielsweise, indem Sie einen flotten Abgang machen.

JAMES *(zur Queen)*
Ich hatte nichts anderes vor. Aber noch eine kleine Info, Mam. *(weist auf seine Wange)* Die Folter ist seit einiger Zeit abgeschafft.

Die QUEEN lacht laut auf

QUEEN *(zu James)*
Sie können sich ja an Amnesty International wenden, James.

JAMES zieht ein säuerliches Gesicht und verlässt das Zimmer. Die QUEEN geht zu dem Tisch, an dem die PRINZEN sitzen

QUEEN
Also, dieser James...

WILLIAM *(zur Queen)*
Er glaubt wohl, er gehört zur Familie.

CHARLES
Gehört er ja auch fast - nach fünfzig Jahren bei uns.

QUEEN
Wird vielleicht Zeit, dass wir ihn in Rente schicken.

CHARLES *(zur Queen)*
Apropos Rente: Hast Du mal darüber nachgedacht, Mama?

QUEEN *(zu Charles)*
Nachgedacht? Worüber?

CHARLES *(zur Queen)*
Wir hatten uns doch neulich unterhalten - über die Thronfolge...

Die QUEEN fasst sich an die Stirn

QUEEN
Ach ja, stimmt.

CHARLES *(zur Queen)*
Und?

QUEEN *(zu Charles)*
Was, und?

CHARLES *(zur Queen)*
Zu welchem Ergebnis bist Du gekommen?

QUEEN *(zu Charles)*
Leider noch zu keinem, Charles. Immer, wenn ich darüber nachdenken wollte, war ich wie blockiert.

CHARLES *(zur Queen)*
Das bist Du immer, wenn es darum geht.

QUEEN *(zu Charles)*
Sag´ mal, Charles, seit unserem Gespräch flattern täglich Hunderte von Briefen ins Haus, und in allen steht das Gleiche drin: Ich soll meinen Hut nehmen, und Du die Krone. Steckst Du vielleicht dahinter, mein Lieber?

CHARLES *(entrüstet zur Queen)*
Aber Mama!

QUEEN *(zu Charles)*
Ich weiß, dass Du es faustdick hinter den Ohren hast.

CHARLES *(zur Queen)*
Dann kann es ja nie ganz knüppeldick kommen.

Die QUEEN zieht CHARLES an den Ohren

QUEEN *(zu Charles)*
Ich glaube, ich habe Dich immer falsch angefasst, Charles.

CHARLES *(zur Queen)*
Dann lass endlich los, Mama: Vielleicht laufen die Dinger mit der Zeit ja wieder ein.

HARRY *(zu Charles)*
Du solltest froh sein, dass Du solche Lauscher hast. Dann achtet wenigstens niemand auf Deine Platte.

Die QUEEN lässt Charles Ohren los und bricht, ebenso wie HARRY und WILLIAM, in lautes Gelächter aus. WILLIAM tätschelt CHARLES Platte

WILLIAM *(zu Charles)*
Mach Dir nichts draus, Paps: Niemand ist vollkommen - am wenigsten Du.

CHARLES winkt mit beiden Händen ab

CHARLES *(zur Queen)*
Aber jetzt mal im Ernst, Mama: Ich will endlich eine Antwort.

QUEEN *(zu Charles)*
Wie war noch mal Deine Frage?

CHARLES *(ärgerlich zur Queen)*
Mama, ich hab´ lange genug gewartet: Ich will endlich wissen, wann ich Deine Nachfolge antrete.

QUEEN *(zu Charles)*
Wenn es an der Zeit ist.

CHARLES *(zur Queen)*
Und wann ist das? Am Jüngsten Gericht?

QUEEN *(zu Charles)*
Wollen wir diesen Termin festhalten?

CHARLES springt auf und baut sich vor der QUEEN auf

CHARLES *(böse zur Queen)*
Mama!

QUEEN *(böse zu Charles)*
Charles!

CHARLES tritt ganz nahe an die QUEEN heran

CHARLES *(fast drohend zur Queen)*
Mama!

Die QUEEN tritt noch näher an CHARLES heran, so dass sich ihre Bäuche berühren

QUEEN *(giftig zu Charles)*
Charles!

CHARLES und die QUEEN stehen sich einen Augenblick

schweigend gegenüber und schauen sich böse in die Augen. PHILIP tritt ein, in der Hand hat er ein Rätselheft. Er geht sofort auf die QUEEN zu

PHILIP *(zur QUEEN)*
Hast Du vielleicht eine Idee? Engli...

Die QUEEN wehrt ihn mit der Hand ab

QUEEN *(ärgerlich zu Philip)*
Jetzt nicht!

PHILIP zuckt erschrocken zurück

PHILIP *(mehr für sich)*
Also, ich kann nicht einschlafen, bevor ich nicht das Rätsel gelöst habe.

QUEEN *(energisch zu Philip)*
Einschlafen? Du machst jetzt die Betten, Phil - und anschließend hilfst Du in der Küche. Und so gegen elf wollen wir ja zu den Hendersons: Heute spielen wir den Stellungskrieg vor Verdun nach. Also, hopphopp!

PHILIP *(kleinlaut zur Queen)*
Wie Du willst, Liz.

PHILIP verlässt die Wohnstube. Die QUEEN drückt CHARLES die Gießkanne in die Hand

QUEEN *(zu Charles)*
Und Du darfst jetzt die Blumen begießen.

CHARLES zieht ein dummes Gesicht. Die QUEEN wendet sich zum Gehen, dreht sich aber noch einmal um

QUEEN *(zu Charles)*
Charles, wenn es Dich wirklich so sehr juckt, den König zu spielen, dann möchte ich Dir einen Vorschlag machen…

CHARLES *(zur Queen)*
Einen Vorschlag? Und welchen?

QUEEN
Heirate doch die Königin der Futji-Inseln: Sie hat in der Zeitung inseriert. Ist `ne pfundige Witwe, noch keine Siebzig. Das wäre doch sicherlich etwas für Dich.

Die QUEEN lacht laut auf, wendet sich um und geht zur Tür. CHARLES erhebt seinen Stinkefinger gegen sie. Die QUEEN bleibt stehen, ohne sich allerdings umzudrehen

QUEEN *(zu Charles)*
Nimmst Du bitte Deinen Stinkefinger herunter, Charles!

CHARLES *(zur Queen)*
Was?

QUEEN *(zu Charles)*
Charles, ich kenne Dich doch

CHARLES nimmt den Stinkefinger herunter. Die QUEEN verlässt die Wohnstube

CHARLES
Die Alte hat ja wohl auch hinten Augen.

CHARLES stellt die Gießkanne auf den Tisch und setzt sich

HARRY *(zu Charles)*
Wow, starker Auftritt, Charles.

WILLIAM *(zu Charles)*
Du willst es wissen, wie?

CHARLES
Soll ich etwa warten, bis bei mir der Kalk rieselt? Allmählich läuft mir die Zeit davon. Werd´ ihr solange auf den Keks gehen, bis sie mir sagt, wann sie auf's Altenteil geht und ich dran bin. Und lange werde ich nicht mehr warten...

HARRY *(zu Charles)*
Finde auch, dass Du mal an der Reihe bist. *(zu William)* Was sagst Du, Will?

WILLIAM *(schulterzuckend)*
Klar doch, wäre nur fair.

Es klingelt an der Haustür

HARRY
Das sind bestimmt Sue und Vivian.

CHARLES
Ich öffne.

CHARLES steht auf und verlässt den Raum. Kurz darauf treten VIVIAN und SUE ein. Die jungen Leute begrüßen einander und setzen sich dann an den Tisch

VIVIAN
Charles kommt gleich; wollte nur kurz irgendwo hin.

HARRY *(zu Vivian)*
Für kleine Prinzen?

WILLIAM *(zu Harry)*
Für gruftige Thronfolger natürlich.

Die jungen LEUTE lachen

HARRY *(zu Vivian und Sue)*
Cola? Orangensaft? Crack? Ecstasy?

SUE *(zu Harry)*
Fangen wir mit den harten Sachen an, vielleicht einem Saft.

VIVIAN *(zu Harry)*
Für mich auch.

HARRY *(zu Vivian und Sue)*
Wow, voll das Risiko!

WILLIAM *(zu Vivian und Sue)*
Ist nämlich eine Eigenproduktion des Hauses.
HARRY betätigt die Klingel. Der Butler JAMES erscheint

JAMES *(genervt)*
Was kann ich für Sie tun?

HARRY *(zu James)*
Zwei Apfelsaft, James.

JAMES *(zu Harry)*
Sonst nichts? Hab´ nämlich keine Lust, dauernd hin- und herzulaufen.

WILLIAM *(zu James)*
Doch. Setzen Sie mal eine freundlichere Miene auf.

JAMES *(zu William)*
Gern, bei der nächsten Gehaltserhöhung.

Die vier jungen LEUTE lachen. JAMES verlässt die Wohnstube

VIVIAN
Ich finde James irgendwie süß.

WILLIAM *(zu Vivian)*
Du findest auch Nessy und Godzilla süß.

VIVIAN *(zu William, seinen Arm streichelnd)*
Und Dich, Will.

JAMES erscheint mit dem Saft. Er schenkt VIVIAN und SUE ein

JAMES
Also manchmal artet dieser Job wirklich in Arbeit aus... Vielleicht sollte ich beim Arbeitsamt mal eine Umschulung beantragen.

WILLIAM *(zu James)*
Am besten zum Royal: In dieser Branche kennen Sie sich ja

bestens aus.

JAMES *(zu William)* Also, ein bisschen qualifizierter sollte der Job schon sein.

WILLIAM *(zu James)*
Das lassen Sie mal die Queen hören.

JAMES *(zu William)*
Wozu? Die würde sich ja nur aufregen.

Die vier jungen LEUTE lachen

WILLIAM (zu James)
So, James, Sie haben sicherlich noch etwas zu tun...

JAMES *(zu William)*
Ja, meine Kur beantragen: Brauch´ mal eine Auszeit.

JAMES verlässt die Wohnstube. Die vier jungen LEUTE lachen amüsiert

SUE *(strahlend zu Harry)*
Harry, wollen wir wieder...?

HARRY *(strahlend zu Sue)*
Klar, doch!

SUE und HARRY zählen beim jeweils anderen die Sommersprossen

VIVIAN *(zu William)*
Will, könnten wir nachher nicht..?

CHARLES tritt ein. Er trägt eine Krone sowie einen wertvollen, roten Umhang mit weißem Kragen. WILLIAM, HARRY, VIVIAN und SUE springen auf und gehen auf ihn zu. CHARLES dreht und wendet sich wie ein Model auf dem Laufsteg

SUE und VIVIAN *(gleichzeitig)*
Wow, voll geil...!

CHARLES
Ja, das ist ein Anblick, wie? So sieht ein König aus.

SUE *(zu Charles)*
Hätte nie gedacht, dass Dir die Krone so gut steht, Charles.

VIVIAN *(zu Charles)*
Und dieser Fummel! Fetzig, wirklich fetzig!

CHARLES
Seid stark: Ich weiß, welche Faszination von mir ausgeht.

CHARLES dreht und wendet sich wieder wie ein Model

WILLIAM *(zu Charles)*
Wenn Dich Queeny in diesen Klamotten erwischt, zieht sie Dir die Ohren so lang, dass Du damit vom Balkon segeln kannst.

HARRY *(zu Charles)*
Die würde total ausflippen...

CHARLES *(sich drehend und wendend)*
Die ballert doch längst bei den Hendersons herum.

CHARLES springt auf ein Sitzkissen und breitet die Arme aus

CHARLES
He, seht her: Ich bin´s, Charles, Euer König! Das ist doch mal was anderes, als immer nur die Alte...

VIVIAN und SUE kreischen begeistert auf. Die QUEEN stürmt in die Stube und zieht CHARLES die Krone über die Ohren. CHARLES sowie die anderen jungen LEUTE drehen sich erschrocken zu der QUEEN um, die die Fäuste in die Hüften stemmt

CHARLES
...ehrwürdige Königin...

VIVIAN und SUE *(kleinlaut zur Queen)*
Hallo, Queeny...

QUEEN *(zu Vivian und Sue)*
High, ihr Küken!

HARRY *(zu William und den beiden Mädchen)*
Wollten wir nicht los?

WILLIAM
Und tschüss!

WILLIAM, HARRY, VIVIAN und SUE verdrücken sich. CHARLES springt vom Sitzkissen. Die QUEEN geht auf

CHARLES zu, der langsam zurückweicht. Dabei ruft die QUEEN mehrmals den Namen ihres Sohnes aus - und zwar jedes Mal in einem schärferen Tonfall, während CHARLES sich in einem freundlichen Tonfall versucht

QUEEN *(scharf)*
Charles!

CHARLES *(freundlich)*
Mama.

QUEEN *(schärfer)*
Charles!

CHARLES *(freundlich)*
Mama.

QUEEN *(noch schärfer)*
Charles!

CHARLES *(freundlich)*
Mama.

QUEEN *(böse zu Charles)*
Mit Dir muss ich ja wohl mal ein Hühnchen rupfen!

CHARLES
Du weißt doch, dass ich mir nichts aus Geflügel mache.

QUEEN *(zu Charles)*
Hast Du einen Blackout oder was, Dich mit meinen Krönungsteilen auszustaffieren?

CHARLES *(zur Queen)*
Ich kann mich an nichts erinnern. Was ist passiert?

QUEEN *(zu Charles)*
Du bist wirklich der Nagel zu meinem Sarg, Charles.

CHARLES *(zur Queen)*
Und alles andere hast Du schon zusammen?

QUEEN *(zu Charles)*
Hätte nur noch gefehlt, dass Du Dich so auf dem Balkon präsentierst: Ein gefundenes Fressen für die Paparazzi, die hier überall herumschwirren. Und ich müsste es dann wieder ausbügeln.

CHARLES *(zur Queen)*
Apropos Bügeln: Ich hab da noch einige Hemden...

QUEEN *(zu Charles)*
So, die Krone und den Fummel her, aber schnell!

CHARLES zieht den Mantel aus und nimmt die Krone ab und gibt beides der QUEEN

CHARLES *(zur Queen)*
Ich fühle mich so nackt.

QUEEN *(zu Charles)*
Du wirst Dich noch ganz anders fühlen, wenn Du Dich noch einmal in der Nähe meiner Kleiderkammer herumlümmelst, Charles. Weißt Du, ich glaube, Du hast einfach zu wenig um die Ohren. Werd´ mal drüber nachdenken, wie

ich Dir Beschäftigung verschaffen kann...

CHARLES *(zur Queen)*
Da brauchst Du gar nicht lange nachzudenken: Du weißt doch, wie...

QUEEN *(zu Charles)*
Na gut, dann besorg Dir Schrubber, Eimer und Feudel, und dann fängst Du gleich im großen Flur an. Aber bitte, gründlich!

CHARLES *(verärgert zur Queen)*
Eines Tages werde ich hier bestimmt ausmisten, das kannst Du mir glauben.

Charles verlässt verärgert die Wohnstube, WILLIAM tritt ein. Die Wohnzimmertür bleibt angelehnt

WILLIAM *(vorsichtig zur Queen)*
Na, Queeny.

QUEEN *(zu William)*
Na, Will! Wo sind denn die anderen?

WILLIAM *(zur Queen)*
Die spielen Minigolf.

QUEEN *(zu William)*
Aha. Und was hast Du vor?

Die QUEEN wirft WILLIAM einen kurzen, fragenden Blick zu und legt dann den Mantel und die Krone auf einen Sessel. Anschließend guckt sie in die Gießkanne, nimmt sie und beginnt, die Blumen überall im Wohnzimmer zu begießen

QUEEN *(mehr für sich)*
Wenn ich es nicht selbst mache, macht es niemand...

WILLIAM *(vorsichtig zur Queen)*
Hast Dich wohl ordentlich mit Paps gezofft, wie? Manchmal hat er aber auch Nummern drauf...

Die QUEEN wirft einen kurzen Blick auf William und begießt dann weiter die Blumen

WILLIAM *(vorsichtig zur Queen)*
Weißt Du, Queeny, so als Vater und so finde ich Paps ja nicht übel...

Die QUEEN wirft einen kurzen Blick auf WILLIAM und begießt dann weiter die Blumen

WILLIAM *(zögerlich zur Queen)*
Aber glaubst Du... äh... ich meine... Wäre er auch ein guter...? Also versteh´ mich nicht falsch... König...?

Die QUEEN grinst und begießt weiter die Blumen

WILLIAM *(eilig zur Queen)*
Paps hat bestimmt seine Qualitäten, ganz bestimmt.

Die QUEEN hört auf, die Blumen zu begießen

QUEEN *(ironisch zu William)*
Wirklich?

WILLIAM *(zur Queen)*
Als Mensch, meine ich.

QUEEN *(zu William)*
Als Mensch? Soso.

WILLIAM *(zur Queen)*
Na ja, muss er doch haben, irgendwo... Jeder Mensch hat gewisse Qualitäten.

QUEEN *(zu William)*
Dein Vater auch?

Die QUEEN und WILLIAM sehen sich einen Moment an und brechen dann in lautes Gelächter aus

QUEEN *(zu William)*
Na ja, Dein Vater ist wirklich ganz okay - als Mensch. Aber, um es mal rauszulassen: King spielen läuft nicht. Der Zug ist für ihn längst abgefahren.

WILLIAM *(verblüfft zur Queen)*
Was…?

QUEEN *(zu William)*
Ich zieh meinen Job noch meinetwegen ein, zwei Jährchen durch, und dann übernimmst Du! Werde das Deinem Vater gleich nach Opas Geburtstag verklickern. Muss endlich klare Verhältnisse schaffen.

WILLIAM *(enthusiastisch zur Queen)*
Ich? Wirklich? *(ernüchtert)* Aber wie denn wohl? Paps

wird doch niemals freiwillig auf die Krone verzichten. Und wenn Du ihm nicht den Weg frei machst, wartet er eben so lange, bis Du... naja...

QUEEN *(zu William)*
Bis ich in der Kiste liege, ich weiß. Aber vielleicht hab ich ja noch ein Ass im Ärmel...

WILLIAM *(erwartungsvoll zur Queen)*
Ein Ass? Sag schon!

QUEEN *(zu William)*
Naja, hab´ da ein paar heiße Fotos von Deinem Vater - superheiß. Wenn ich damit vor ihm herumwedele, frisst er mir aus der Hand, das darfst Du mir glauben.

WILLIAM *(zur Queen)*
Wow - die Erpresserschiene! Du bist ja wirklich abgefakt, Queeny.

QUEEN *(zu William)*
Aber zu keinem ein Wort, ja? Möchte nämlich nicht, dass es auf Philips Geburtstag eine Missstimmung gibt. Da ist Friede, Freude, Eierkuchen angesagt.

WILLIAM *(zur Queen)*
Natürlich, Queeny!

WILLIAM umarmt die QUEEN

WILLIAM *(zur Queen)*
Oh Queeny, Du bist die Beste.

QUEEN *(zu William)*
Wem sagst Du das?

Vor der Wohnungstür sind Schritte zu hören. Kurz darauf tritt PHILIP in Unterzeug ein. Die QUEEN und WILLIAM lösen sich voneinander

PHILIP *(zur Queen)*
Wir müssen uns fertig machen, Liz: Es wird Zeit.

Die QUEEN schaut zur Standuhr und erschrickt leicht

QUEEN
Oh, tatsächlich. *(zu Philip)* Na ja, Du bist ja eigentlich schon startklar.

PHILIP *(zur Queen)*
Ich kann meine Klamotten nicht finden, Liz.

QUEEN (zu Philip)
Die hängen noch an der Leine, Phil.

Die QUEEN stellt die Gießkanne auf eine Fensterbank, nimmt die Krönungsteile an sich, zwinkert WILLIAM zu und verlässt mit PHILIP die Wohnstube. Dabei sieht man, dass PHILIP zwei Löcher in seiner Unterhose hat

WILLIAM *(enthusiastisch)*
Wow - das ist ja... einfach... super...

WILLIAM vollführt einen Luftsprung. CHARLES tritt ein und sieht dies

CHARLES *(zu William)*
Allmählich hebst Du ab, wie?

WILLIAM *(zu Charles)*
Du bringst mich wieder auf die Erde zurück.

CHARLES *(zu William)*
Und Du mich darunter. Na, und was sagt Queeny so? Ihr hattet doch einen Talk, oder?

WILLIAM *(zu CHARLES)*
Ja, schon. Sie war ein bisschen genervt - Deinetwegen, weil Du so auf dem Thema Abdankung herumreitest.

CHARLES *(ironisch zu William)*
Und das ohne Pferd...

WILLIAM *(zu Charles)*
Hab´ mich natürlich für Dich ins Zeug gelegt.

CHARLES *(zu William)*
Ins edle Krönungszeug, gelle?

WILLIAM *(zu Charles)*
Aber vielleicht solltest Du das Thema wirklich ein bisschen runterfahren... Hab´ sowieso das Gefühl, dass da bald etwas passiert.

CHARLES *(zu William)* Dann wollen wir nur hoffen, dass es uns nicht kalt erwischt.

CHARLES legt WILLIAM die Hände auf die Schulter

CHARLES *(zu William)*
Ehrlich, Will: Finde es toll, dass Du Dich für mich eingesetzt hast. Feiner Zug von Dir.

WILLIAM *(zu Charles)*
Ist schon okay, Paps.

CHARLES *(zu William)*
Hast eben ein starkes Feeling für Fairnis.

WILLIAM *(zu Charles)*
Hab´ ich sicherlich von Dir.

CHARLES *(zu William)*
Findet sich bestimmt mal eine Gelegenheit, mich bei Dir zu revanchieren...

WILLIAM *(zu Charles)*
Nun hör auf, Paps! Bin ich nun Dein Sohn oder nicht?

CHARLES *(zu William)*
Das könnte ein Vaterschaftstest klären.

CHARLES lässt WILLIAM los

WILLIAM *(zu Charles)*
Sag´ mal, Charles, ist es... ich meine... ist es wirklich so cool, King zu spielen…?

CHARLES *(zu William)*
Wie?

WILLIAM *(zu Charles)*
Eigentlich bedeutet es doch nur: mehr Arbeit, mehr Stress, weniger Freizeit.

CHARLES *(zu William)*
Für meine Mitarbeiter ganz bestimmt.

WILLIAM *(zu Charles)*
Du kämst kaum noch zu Dir selbst.

CHARLES *(zu William)*
Und ich bin so gern bei mir.

WILLIAM *(zu Charles)*
Hätte ein Leben mit Camilla - ich meine als Deiner Frau - nicht irgendwie mehr...

CHARLES schaut WILLIAM nachdenklich an und schüttelt leicht mit dem Kopf

CHARLES *(zu William)*
Weißt Du, Will: Manchmal frage ich mich auch, weshalb ich eigentlich den stressigen Königsjob machen soll...

WILLIAM (zu Charles)
Ja?

CHARLES *(zu William)*
Etwa wegen des höheren Gehalts? Der Reisen mit allem Pipapo in die schönsten Länder der Welt? Den Geschenken, die Du das ganze Jahr hindurch von allen Seiten bekommst? Dem Ansehen, das Du genießt?

WILLIAM *(zu Charles)*
Und zu welchem Ergebnis bist Du gekommen?

CHARLES *(strahlend zu William)*
Dass das genau die Gründe sind.

WILLIAM sieht CHARLES schräg von der Seite an. HARRY, VIVIAN und SUE treten ein

HARRY *(zu WILLIAM)*
Wir wollen gleich los, Will.

WILLIAM *(zu Harry)*
Los…? Ach so.. Ja, klar.

CHARLES *(zu den jungen Leuten)*
Ins Sodom und Gomorrha?

HARRY *(zu Charles)*
In die Höhle des Lasters.

VIVIAN *(zu Charles)*
Da tritt heute eine super Band auf: Chancenlos.

CHARLES *(zu Vivian)*
Das klingt vielversprechend.

SUE *(zu Charles)*
Komm doch mit, Charles, der Sumpf nimmt auch Dich auf.

CHARLES *(zu Sue)*
Geht nicht: Mein Maskenbildner hat heute frei.

HARRY
Na, denn - schwirren wir ab!

SUE und VIVIAN sowie HARRY und WILLIAM winken CHARLES zum Abschied flüchtig zu und verlassen dann die Wohnstube. CHARLES geht zu einem Tisch, auf dem eine Schale mit Erdnüssen steht, nimmt sich eine Hand voll und schüttet sie in den Mund. Dann schlendert er - wie unabsichtlich - zum QUEEN-Bild und bleibt davor stehen. Eine Zeit lang blickt er, ununterbrochen kauend, der „QUEEN" frech in die Augen, bevor er mit allen möglichen Faxen beginnt, sprich: komische Grimassen zieht, seine Hüften schwingt, „wortlos" auf die QUEEN einredet und schließlich Karate-Scheinangriffe auf sie vollführt. Zum Schluss mimt er Richard III. von Shakesperare

CHARLES *(zur „Queen")*
Du glaubst wohl, Du hättest gewonnen, wie? Aber Du wirst noch einmal auf Deinem Zahnfleisch angekrochen kommen und mich anwinseln, den King-Job zu übernehmen.

CHARLES wendet sich zum Gehen, dreht sich aber noch einmal um und wirft ein fiktives Wattebäuschchen gegen das Bild

CHARLES *(in schwulem Tonfall)*
Ach, Du Böse, Du!

Das QUEEN-Bild fällt von der Wand und schlägt mit lautem Geräusch auf dem Boden auf; der Rahmen zerbricht, das Bild selbst bleibt aber unversehrt. CHARLES, der erschrocken zurückspringt, stellt eilig das Bild an die Wand und sammelt die Teile auf, um sie neben das Bild zu legen. Die Tür öffnet sich, und die QUEEN sowie PHILIP treten ein. Beide tragen eine Militäruniform und einen Stahlhelm und sind bis an die Zähne bewaffnet mit Maschinenpistole, Eierhandgranaten und so fort. CHARLES eilt zu seinen ELTERN und stellt sich direkt vor sie. Da die große Tür nach innen (zur Stube) aufgeht, können die QUEEN und PHILIP das zerbrochene Bild von ihrem Standort aus nicht sehen

QUEEN *(zu Charles)*
So, Charles, zum Tee sind wir wieder zurück.

CHARLES *(zur Queen)*
Dann viel Spaß.

PHILIP *(zu Charles)*
Fühle mich toll in Form. Heute spielen die Hendersons die Deutschen.

CHARLES *(zu Philip)*
Dann kehrt marsch und ab in den Krieg; ich komm mit raus.

CHARLES breitet seine Arme aus und will seine Eltern mit sanfter Gewalt aus der Stube drängen. Ehe er reagieren kann, schlüpft die QUEEN jedoch einem Arm hindurch und läuft in die Stube

QUEEN
Ich wollte doch meine Brille…

Die QUEEN läuft zu einem Tisch, nimmt die Brille an sich,

die darauf liegt, und steckt sie ein. Als sie sich umdreht, fällt ihr Blick auf das zerbrochene Bild

QUEEN *(schockiert)*
Was ist denn das...?

Die QUEEN eilt zum Bild. PHILIP stößt die Tür weiter auf, so dass er sehen kann, was los ist

PHILIP
Oh...!

PHILIP begibt sich zu der QUEEN, die ihre Brille aufsetzt und schockiert das Bild betrachtet

CHARLES
Ihr müsst los: Die Hendersons warten.

QUEEN *(in scharfem Tonfall zu Charles)*
Charles, was bedeutet das?

CHARLES *(zur QUEEN)*
Meinst Du das Bild?

QUEEN *(böse zu Charles)*
Charles!

CHARLES *(zur QUEEN)*
Ist wohl von der Wand gefallen...

Die QUEEN wirft CHARLES einen misstrauischen Blick zu

QUEEN *(zu Charles)*
Einfach so?

CHARLES *(zur Queen)*
Vielleicht hast Du ja zugenommen?

CHARLES lacht laut auf. Die QUEEN wirft CHARLES einen missbilligenden Blick zu und tritt näher an das Bild heran, ebenso PHILIP

QUEEN *(weist auf ihr Porträt)*
Das ist ja ein Fleck auf meinem Gesicht.

PHILIP
Tatsächlich.

CHARLES Das haben wir gleich.

CHARLES zieht ein Taschentuch aus seiner Hosentasche, spuckt hinein und versucht, ehe ihn jemand daran hindern kann, den Fleck auf dem Bild zu entfernen, wobei er die Farben verwischt. Zu spät zieht ihn die QUEEN vom Bild weg

QUEEN *(schockiert zu Charles)*
Was hast Du gemacht?

PHILIP *(zu Charles)*
Also, Charles!

CHARLES *(schulterzuckend)*
Der Fleck ist weg.

CHARLES schaut zur Uhr

CHARLES *(zur Queen)*
Schon nach elf. Wenn Ihr Euch nicht beeilt, findet der Krieg ohne Euch statt.

QUEEN *(böse zu Charles)*
Der Krieg findet hier statt, und zwar gegen Dich.

Die QUEEN und PHILIP wechseln einen kurzen Blick

QUEEN *(zu Philip)*
Zeig, was Du drauf hast, Phil!

CHARLES
Ich bin Pazifist. Ich lehne jede Gewalt gegen meine Person ab.

QUEEN *(laut)*
Attackeeeeeeee...!

Die QUEEN und PHILIP stürzen auf CHARLES zu, der die Flucht ergreift und hinaus läuft - verfolgt von seinen Eltern. Man hört, sich immer weiter entfernend, Gewehrsalven und dazwischen Rufe von CHARLES: „Mama, hör auf..! Ein Königreich für ein Fahrrad..!" Die Bühne verdunkelt sich kurz. Ein neues Bild von der QUEEN wird aufgehängt, das alte beseitigt. Die Schauspieler positionieren sich für die folgende Szene. Als die Bühne wieder erhellt wird, sitzen CHARLES und PHILIP an einem Tisch in der Wohnstube. PHILIP liest Horoskope in verschiedenen Zeitungen, CHARLES notiert etwas in einem dicken Heft

PHILIP *(zu Charles)*
Hör mal, was hier steht!

CHARLES schreibt weiter, als habe er nichts gehört

PHILIP *(liest)*
Heute ist Ihr Glückstag, es sei denn, Sie haben viel Pech, und alles geht schief.

PHILIP kratzt sich am Kopf

PHILIP *(zu Charles)*
Gut zu wissen, nicht Charles?

CHARLES reagiert nicht. PHILIP konzentriert sich wieder auf sein Horoskop. CHARLES unterbricht sein Schreiben

CHARLES *(zu Philip)*
Dieses Kinderbuch wird ein Klassiker - garantiert. Bin gerade an der Stelle, wo der böse Wolf Rotkäppchen fragt, ob es einen Organspendeausweis hat...

CHARLES schreibt weiter

PHILIP *(liest)*
Beruflich geht es mit Ihnen aufwärts - wenn Sie nicht Ihren Job verlieren und in Armut geraten...

Philip kratzt sich erschrocken am Kopf und spricht CHARLES an, der aber nicht reagiert

PHILIP *(zu Charles)*
Tja - das Leben ist wetterwendisch: Heute ein Prinz,

morgen vielleicht nur noch ein Staubsauger-Vertreter...

PHILIP vertieft sich wieder in sein Horoskop. CHARLES unterbricht sein Schreiben und wendet sich an PHILIP, der aber nicht reagiert

CHARLES *(zu Philip)*
Du musst nämlich wissen, dass der Wolf ein exzessiver Säufer ist und dringend eine neue Leber braucht...

CHARLES schreibt weiter

PHILIP *(liest)*
Sie verfügen über viel Energie und eine robuste Gesundheit, mit der es allerdings von einem Augenblick zum anderen vorbei sein kann...

PHILIP schaut erschrocken auf

PHILIP
Ich muss mich mehr schonen. Vielleicht sollte ich eines meiner aufreibenden Hobbys aufgeben, meinetwegen das Briefmarkensammeln, und meinen Mittagsschlaf verlängern. Und ein bisschen Sport treiben kann auch nicht schaden...

PHILIP betätigt die Klingel, um JAMES zu rufen, der wenig später erscheint. CHARLES wirft nur einen kurzen Blick auf ihn und schreibt dann weiter

JAMES
Hat jemand von Ihnen geläutet, oder habe ich akustisch

halluziniert?

PHILIP *(zu James)*
James, tun Sie mir doch den Gefallen und wiederholen Sie Ihre Morgengymnastik für mich!

JAMES *(zu Philip)*
Meine Morgengymnastik? Weshalb?

PHILIP
Könnten Sie nicht einmal etwas tun, ohne nachzufragen?

JAMES
Sie haben gut reden. So eine Morgengymnastik schlägt voll auf die alten Knochen: Einmal täglich reicht mir.

PHILIP
Und wenn ich Sie freundlich bitte?

JAMES *(zu Philip)*
Das bringt nichts.

PHILIP *(barsch zu James)*
Dann befehle ich es Ihnen!

JAMES *(zu Philip)*
Naja, wenn Sie mich so freundlich bitten...

JAMES stellt das Radio an und vollführt im Rhythmus eines Liedes gymnastische Übungen: Er macht Rumpfbeugen, Kniebeugen, springt auf der Stelle, hüpft abwechselnd mit dem linken und dem rechten Bein durch das Zimmer und so fort. CHARLES unterbricht sein Schreiben und sieht amü-

siert zu. JAMES stellt schließlich - völlig außer Atem - das Radio wieder ab. Philip wischt sich erschöpft über die Stirn

PHILIP
Mein Gott, war das anstrengend! Ich bin fix und fertig. Ich glaube, das ist doch nichts für mich.

JAMES *(zu Philip)*
Dann darf ich mich wohl hinausschleppen?

PHILIP
Ja, schleppen Sie nur, James.

JAMES *(brummelt im Hinausgehen)*
Als Arbeitgeber kann man die Royals doch vergessen: Da ist es ja bei der Kirche noch besser.

JAMES verlässt die Stube. Die QUEEN tritt ein und setzt sich zu CHARLES und PHILIP an den Tisch

QUEEN *(zu Philip)*
Na, Philip, was sagen die Sterne? Heute Glück in der Liebe?

PHILIP sieht die QUEEN fragend an

PHILIP *(zur Queen)*
Glück in der Liebe? *(liest)* Heute oder Montag lernen Sie möglicherweise die große Liebe ihres Lebens kennen...

QUEEN *(zu Philip)*
Sag mal, wollte heute nicht der neue Chauffeur anfangen?

PHILIP *(zur Queen)*
Heute oder Montag.

QUEEN *(zu Charles)*
Hast Du Paps zum Geburtstag gratuliert?

CHARLES *(zur Queen)*
Schon letztes Jahr.

PHILIP *(mehr zu sich)*
Ach, wo ist bloß die Zeit geblieben?

CHARLES *(zu Philip)*
Also, ich hab´ sie nicht.

HARRY tritt ein und setzt sich zu den anderen an den Tisch. PHILIP guckt HARRY erwartungsvoll an

HARRY *(zu Philip)*
Ist was, Opa?

PHILIP *(zu Harry)*
Weißt Du, welchen Tag wir heute haben?

HARRY *(zu Philip)*
Sonntag.

PHILIP *(zu Harry)*
Naja, jede andere Antwort hätte mich auch überrascht.

QUEEN *(zu Harry)*
Denk doch mal nach, Harry!

HARRY *(zur Queen)*
An einem Sonntag?

QUEEN *(zu Harry)*
Fällt es Dir alltags etwa leichter?

WILLIAM tritt ein und geht zu dem Tisch, an dem die anderen sitzen

WILLIAM *(zur QUEEN)*
Hast Du vielleicht irgendwo..?

PHILIP *(zu William)*
Wenigstens einer meiner Enkel denkt daran.

PHILIP will den Blumenstrauß an sich nehmen, WILLIAM zieht ihn zurück

WILLIAM *(zu Philip)*
Was soll das, Opa? Der gehört mir. Hab ich von einer Verehrerin...

CHARLES *(zu William)*
Trug die so eine gelbe Binde mit schwarzen Punkten?

WILLIAM *(zu Charles)*
Ja. Das war aber auch das Einzige.

QUEEN *(zu Harry und William)*
Wisst Ihr, dass ich nicht übel Lust hätte, Euch mal richtig den Marsch zu blasen...?

WILLIAM
Also, das ist nicht meine Musikrichtung.

HARRY *(im Aufstehen)*
Meine auch nicht.

HARRY und WILLIAM wollen hinausgehen

QUEEN *(streng zu Harry und William)*
Stopp! Wie ist es nur möglich, dass es keiner von Euch daran denkt, welchen Tag wir heute haben?

HARRY schlägt sich an die Stirn

HARRY *(zu Philip)*
Oh, tut mir leid, Opa!

HARRY geht zu PHILIP und gratuliert ihm

HARRY *(zu Philip)*
Herzlichen Glückwunsch zum Geburtstag, Opa.

WILLIAM gratuliert PHILIP ebenfalls

WILLIAM *(zu Philip)*
Herzlichen Glückwunsch - und sorry, Opa! Der Blumenstrauß ist natürlich für Dich.

PHILIP nimmt den Blumenstrauß entgegen und riecht daran

PHILIP
Die duften ja...

Die QUEEN steht auf, nimmt eine Vase vom Tisch und füllt sie an der Fensterbank mit dem Wasser aus einer Gießkanne. Dann geht sie zurück zum Tisch

QUEEN *(zu Philip)*
So, hier.

PHILIP steckt die Blumen in die Blumenvase, die die QUEEN wieder auf den Tisch stellt. Dann setzt sich die QUEEN wieder

WILLIAM
Wie wär's, wenn wir ein bisschen...

Es klingelt an der Haustür, kurz darauf klopft es an der Stubentür und der BRIEFTRÄGER tritt ein. Er trägt eine große, schwarze Tasche über der Schulter. In seinen Hintern sowie in einen seiner Unterschenkel haben sich zwei „Hunde" verbissen, die bei jedem Schritt hin- und her schwingen. Die Hose des BRIEFTRÄGERS ist hinten ein wenig zerrissen, so dass man seine Unterhose mit Herzchen-Motiven sieht

BRIEFTRÄGER *(pathetisch)*
Ich habe Post für Prinz Philip, Gemahl der englischen Königin.

PHILIP *(zum Briefträger)*
Oh, für mich? Fein.

PHILIP steht auf und begibt sich zu dem BRIEFTRÄGER

PHILIP *(zum Briefträger)*
Na, dann geben Sie mal her!

BRIEFTRÄGER *(zu Philip)*
Sie sind Prinz Philip?

PHILIP *(zum Briefträger)*
Nein, der Glöckner von Notre Dame.

BRIEFTRÄGER *(zu Philip)*
Dann kann ich Ihnen die Post leider nicht aushändigen -
tut mir leid.

Die QUEEN steht auf und begibt sich ebenfalls zum BRIEFTRÄGER

QUEEN *(zum Briefträger)*
Seit 20 Jahren jeden Tag das gleiche Spiel, John Milton.
Und nun rücken Sie die Post schon raus!

Der BRIEFTRÄGER öffnet seine Tasche und überreicht PHILIP einen Stapel Briefe

BRIEFTRÄGER *(zu Philip)*
Bestimmt Gratulationen von sämtlichen Königshäusern
Europas. Und ich möchte Ihnen auch gratulieren.

Der BRIEFTRÄGER gratuliert PHILIP

PHILIP *(zum Briefträger)*
Danke, Milton.

Der BRIEFTRÄGER winkt allen noch einmal freundlich zu

und geht dann hinaus. Die QUEEN und PHILIP setzen sich wieder. PHILIP öffnet einen Brief nach dem anderen, wobei sich zusehends Enttäuschung in seinem Gesicht abzeichnet

PHIILIP
Die Telefonrechnung. Ein Mahnschreiben von Otto: Wir sind mit den Raten in Verzug. Einladung zu einer Kaffeefahrt mit Verkauf von Rheumadecken. Ein Hauptgewinn im Lotto - wenn wir mitspielen. Aber eine Glückwunschkarte sehe ich nicht...

QUEEN *(zu Philip)*
Die trudeln sicherlich noch ein, Phil.

PHILIP und die QUEEN setzen sich wieder

PHILIP *(ein wenig deprimiert)*
Naja, ich bin ja auch nicht so wichtig.

Die drei PRINZEN sowie die QUEEN zwinkern sich zu, stehen dann auf und umarmen, tätscheln und streicheln PHILIP

QUEEN *(zu Philip)*
Natürlich bist Du wichtig, Philip - jedenfalls für Dich selbst.

CHARLES *(zu Philip)*
Was wären wir ohne Dich, Paps? Ich will es Dir sagen: einer weniger.

WILLIAM *(zu Philip)*
Dir kann man jede Schandtat erzählen - Du hörst sowieso nicht zu.

HARRY *(zu Philip)*
Du bist der geilste Grufti, den ich kenne: Andere in Deinem Alter sind schon längst tot.

Die QUEEN und die drei PRINZEN streicheln PHILIP noch ein wenig und setzten sich dann wieder auf ihren Platz. PHILIP zeigt sich gerührt

PHILIP
Ich bin wirklich gerührt. Was kann man sich mehr wünschen, als eine Familie wie Euch..?

CHARLES *(zu Philip)*
Keine Familie wie uns.

QUEEN *(zu Philip)*
Und der heutige Abend gehört Dir, Phil. Feiern ein schönes Gartenfest im kleinen Kreis: Mehr als sechshundert Gäste kommen bestimmt nicht.

PHILIP *(zur Queen)*
Aber nicht, dass es wieder so lange dauert! Gegen 22 Uhr will ich zu Bett gehen.

QUEEN *(zu Philip)*
Geht klar, Phil.

PHILIP *(zur Queen)*
Fühle mich sowieso ein bisschen erschöpft. Na ja, bin auch

schon seit heute Morgen ununterbrochen auf den Beinen...

CHARLES *(zu Philip)*
Damit kommst Du bestimmt ins Guinness-Buch der Rekorde.

Es klopft an der Tür, und CAMILLA tritt ein. Sie hat einen großen Blumenstrauß sowie einen Briefumschlag mit. CAMILLA winkt den ROYALS fröhlich von der Tür aus zu und begibt sich schnurstracks zu ihnen. Die QUEEN scheint sich über den Besuch nicht gerade zu freuen und verzieht ihr Gesicht

CAMILLA
Hallo, allerseits!

Alle grüßen freundlich zurück - bis auf die QUEEN, die nur andeutungsweise mit dem Kopf nickt. CAMILLA wendet sich an PHILIP: Sie gratuliert und umarmt ihn

CAMILLA *(zu Philip)*
Wünsch Dir noch viele gute Jahre, Phil, altes Haus! Und das ist für Dich.

CAMILLA überreicht PHILIP den Blumenstrauß sowie das Couvert

PHILIP *(zu Camilla)*
Danke, Camilla. Das ist nett.

QUEEN *(zu Philip)*
Komm, ich stell´ die Blumen in eine Vase.

PHILIP gibt der QUEEN die Blumen

CAMILLA *(zur Queen)*
Alles aus dem eigenen Garten.

QUEEN *(zu Camilla)*
Das riecht man.

PHILIP öffnet das Couvert und zieht ein Geldschein heraus. Die QUEEN steht auf und stellt sich neben PHILIP

PHILIP *(erfreut)*
Oh, eine Fünfzig-Pfund-Note!

CAMILLA *(zu Philip)*
Weiß ja, dass Du von Liz ein bisschen knapp gehalten wirst.

PHILIP *(zu Camilla)*
Du bist lieb, Camilla.

QUEEN *(zu Philip)*
Dann bekommst Du nächsten Monat aber einen Fuffi weniger an Taschengeld, Phil.

PHILIP zieht ein saures Gesicht und steckt den Fünfziger ein

QUEEN *(zu Camilla)*
Du willst sicherlich nicht lange bleiben?

CHARLES *(böse zur Queen)*
Mama!

CAMILLA *(zur QUEEN)*
Auf ein Tässchen Tee.

QUEEN *(zu Camilla)*
Na, das kann sich ja hinziehen.

Die QUEEN geht hinaus. WILLIAM und HARRY sehen sich vielsagend an und grinsen. CAMILLA setzt sich neben CHARLES an den Tisch. Beide sehen sich in die Augen - und sind wie elektrisiert. Bei den folgenden Dialogen - bis zur Rückkehr der QUEEN - lassen sie den Blick nicht mehr voneinander

PHILIP *(kopfschüttelnd zu Camilla)*
Liz ist aber auch manchmal...

CHARLES
Und was hast Du heute so gemacht, Camilla?

CAMILLA
Ach, nichts Besonderes. Hab´ mit Freunden eine kleine private Fuchsjagd auf meinem Gelände veranstaltet.

PHILIP *(zu Camilla)*
Gibt es bei Dir überhaupt noch Füchse?

CAMILLA
Nein, natürlich nicht. Jeder bringt mal einen Fuchs mit. Der von heute Morgen war allerdings eine ziemliche Enttäuschung: Nach kurzer Hetzjagd hat er alle Viere von sich

gestreckt: Herzversagen.

Alle am Tisch lachen. CAMILLA greift CHARLES leidenschaftlich in die Haare

CAMILLA
Wenn ich in Deiner Nähe bin, Charles, packen mich ganz andere Jagdgelüste. Oh Charles, Du machst mich so wild, so wild..!

CAMILLA und CHARLES küssen sich leidenschaftlich und wollen gar nicht mehr aufhören

HARRY *(zu Charles)*
Dein neues Intimspray macht sich bezahlt, nicht Charles?

Die QUEEN tritt ein und setzt sich wieder zu den anderen an den Tisch. CHARLES und CAMILLA trennen sich

PHILIP *(zur Queen)*
Wo hast Du denn die Blumen gelassen, Liz?

QUEEN *(zu Philip)*
Die Blumen? Ach so, die hab ich Mary gegeben.

PHILIP *(zur Queen)*
Der Putze? Meine Blumen..?

QUEEN *(zu Philip)*
Du solltest ein bisschen sozialer eingestellt sein, Phil.

PHILIP sieht die QUEEN verständnislos an, sagt aber nichts. WILLIAM und HARRY grinsen. CHARLES und

CAMILLA wechseln einen vielsagenden Blick

QUEEN *(zu Camilla)*
Dein Tee ist in Arbeit, Camilla?

CHARLES *(kopfschüttelnd)*
Na, wir sind vielleicht Gastgeber.

CAMILLA *(zu Charles)*
Ist doch nicht schlimm.

CHARLES betätigt die Klingel, um JAMES zu rufen

PHILIP
Manchmal hat man wirklich ein Brett vorm Kopf...

QUEEN *(zu Philip)*
Wenn Du Deines als Werbefläche vermietest, kannst Du bestimmt ein gutes Geschäft machen.

PHILIP zieht ein saures Gesicht, WILLIAM und HARRY kichern

QUEEN
Hab´ übrigens gerade in dem Käseblatt hier gelesen, dass sich Lord Snowbody von seiner Frau trennen will.

PHILIP, CHARLES und CAMILLA sehen die QUEEN überrascht an

PHILIP, CHARLES und CAMILLA *(zur Queen)*
Wirklich?

QUEEN
Zwanzig Jahre sind genug, meint er.

CAMILLA greift CHARLES leidenschaftlich in die Haare und zieht ihn zu sich heran

CAMILLA *(zu Charles)*
Wir beide werden niemals voneinander genug haben, nicht, Charles? Oh, Du machst mich so wild, so wild...

CAMILLA und CHARLES küssen sich leidenschaftlich. WILLIAM und HARRY sowie die QUEEN und PHILIP sehen sich viel sagend an. JAMES tritt ein. CAMILLA und CHARLES trennen sich

JAMES *(lustlos)*
Ja?

CHARLES *(zu James)*
Bringen Sie doch bitte eine Tasse Tee, James!

QUEEN *(zu James)*
Eine **kleine** Tasse. Unser Gast will sich nicht lange aufhalten.

JAMES *(zur Queen)*
Was heißt hier klein? Mikroskopisch klein, fingerhutgroß - oder was?

CHARLES *(zu James)*
Eine ganz normale Tasse, James - bitte!

JAMES *(zu Charles)*
Was heißt normal? Also das ist mir alles zu unpräzise.

CHARLES *(scherzhaft drohend zu James)* Noch ein Wort, James...

JAMES *(zu Charles)*
Welches wollen Sie denn hören?

CHARLES steht auf und weist mit dem ausgestreckten Arm zur Tür

CHARLES *(zu James)*
Abflug!

JAMES *(zu Charles)*
So, jetzt muss ich aber gehen.

JAMES verlässt die Stube. CHARLES setzt sich wieder

QUEEN *(Philip, William und Harry)*

Habt Ihr nicht Lust auf einen Spaziergang? Ich glaube, ein Schub Frischluft täte uns gut, bevor der Trubel nachher losgeht.

PHILIP *(zur Queen)*
Ja, gern.

HARRY *(zur Queen)*
Okay.

WILLIAM *(zur Queen)*
Ich hab´ keine Lust; ich geh´ auf mein Zimmer.

Die QUEEN wirft WILLIAM einen kurzen Blick zu und steht dann auf, gefolgt von PHILIP und HARRY

QUEEN *(zu Camilla)*
Tschüss, Camilla. Wenn wir wieder zurück sind, bist Du sicher längst wieder zu Hause.

CAMILLA *(ironisch zur Queen)*
Danke für Deine überwältigende Gastfreundschaft, Liz. *(grinsend)* Vielleicht schaue ich heute Abend ja mal vorbei.

QUEEN *(zu Camilla)*
Ich wäre Dir dankbar, denn ich brauche dringend jemanden, der die Gäste vergrault, die nicht gehen wollen.

Die QUEEN lacht laut auf und verlässt mit PHILIP und HARRY das Wohnzimmer. CAMILLA und CHARLES sehen sich vielsagend an

WILLIAM *(zu Camilla)*
Mach Dir nichts daraus, Camilla: Queeny meint es nicht so.

CAMILLA winkt ab

CAMILLA *(zu William)*
Schon gut, Will.

CHARLES umarmt und streichelt CAMILLA. Die Beiden bemerken nicht, wie WILLIAM aufsteht, einen Augenblick

unschlüssig stehen bleibt und sich dann auf den Balkon begibt; sie müssen annehmen, dass er hinausgegangen ist.
CHARLES und CAMILLA trennen sich nach einem Augenblick wieder

CAMILLA *(zu Charles)*
Will ist okay.

CHARLES *(zweifelnd zu Camilla)*
Naja...

CAMILLA *(fragend zu Charles)*
Ist was?

CHARLES schaut sich um und vergewissert sich, dass WILLIAM fort ist

CHARLES *(zu Camilla)*
Hab´ Will und Mama neulich belauscht. War ziemlich interessant, sag ich Dir.

CAMILLA *(zu Charles)*
So?

CHARLES sieht sich noch einmal um, bevor er fortfährt

CHARLES *(zu Camilla)*
Mama möchte, dass Will King spielt, wenn er volljährig ist. Und wenn mir das nicht passt, dann will sie einige Fotos von mir aus dem Ärmel ziehen.

CAMILLA *(schockiert zu Charles)*
Erpressung…?

CHARLES *(zu Camilla)*
Erpressung!

CAMILLA (schockiert zu Charles)
Das ist ja...

CHARLES *(zu Camilla)*
Genau.

CHARLES *(zu Camilla)*
Will ist natürlich happy und spielt mit. Naja, wer würde da nicht schwach werden?

Die letzte Aussage („Will" bis „schwach werden") von Charles hört WILLIAM, der in die Stube tritt, mit an. Er will zurück auf den Balkon gehen, wird aber von CHARLES, der ihn hört und sich umdreht, entdeckt

CHARLES *(zu William)*
Oh Will...

WILLIAM *(zu Charles)*
Du darfst es nicht falsch verstehen, Paps: Es ist nicht persönlich gemeint.

CHARLES *(ironisch zu William)*
Natürlich nicht, Will.

WILLIAM *(zu Charles)*
Du hättest Deine Chancen ja auch genutzt.

CHARLES *(zu William)*
Darauf kannst Du einen lassen.

WILLIAM *(zu Charles)*
Du bist mir also nicht böse?

CHARLES *(ironisch zu William)*
Wie könnte ich? Bei uns Royals gilt: Der Bessere gewinnt - und dabei soll es bleiben.

WILLIAM *(strahlend zu Charles)*
Du nimmst es sportlich, Paps: Das finde ich wirklich super.

WILLIAM begibt sich zu CHARLES

WILLIAM *(zu Charles)*
Lass Dich umarmen, Paps!

CHARLES *(zu William)*
Von wem?

CHARLES steht auf. WILLIAM und CHARLES umarmen sich und klopfen sich gegenseitig auf die Schulter. Anschließend nimmt CHARLES wieder Platz

WILLIAM *(zu Charles)*
Ich weiß, dass Du den Job gut gemacht hättest, Paps.

CHARLES *(schulterzuckend)*
Naja...

WILLIAM *(zu Charles)*
Werd´ natürlich auch mein Bestes geben.

CHARLES *(zu William)*
Da bin ich sicher.

WILLIAM *(zögerlich zu Charles)*
Vielleicht sollten... Camilla und Du…?

CHARLES *(zu William)*
Vielleicht...

CAMILLA *(zu William)*
Nein, nein, nein!

CHARLES und WILLIAM sehen CAMILLA erstaunt an

CAMILLA *(zu William)*
Also Will, ich bin so enttäuscht von Dir. Wie kannst Du Deinem Vater…?

WILLIAM
So, dann will ich mal. Und tschüss!

WILLIAM verlässt eilig die Stube

CHARLES *(ironisch zu Camilla)*
Will ist okay…

CAMILLA *(zu Charles)*
Das hätte ich nie von ihm gedacht, also wirklich.

CHARLES *(zu Camilla)*
Tja, die Krone verdirbt den Charakter.

CAMILLA *(zu Charles)*
Und Du, Charles? Du lässt das so mit Dir machen?

CHARLES *(zu Camilla)*
Was soll ich tun? Sie haben mich in der Hand: Die Krone kann ich mir abschminken.

CAMILLA sieht CHARLES ungläubig an

CAMILLA *(zu Charles)*
Was sind denn das für Fotos, die Liz von Dir hat?

CHARLES *(zu Camilla)*
Komm, wir geh'n auf mein Zimmer, da erzähl ich Dir die Story. Du brauchst Dir aber keinen Kopf zu machen: Eine andere Frau ist nicht im Spiel.

CAMILLA lacht laut auf

CAMILLA *(zu Charles)*
Eine andere Frau! Charles, wir gehören zusammen wie... wie... wie... wie der Fuchs und die Kugel, die ihn trifft... wie die Hunde zur Treibjagd...

CHARLES *(zu Camilla)*
Das klingt so poetisch...

CAMILLA greift CHARLES in die Haare und zieht ihn zu sich heran

CAMILLA *(zu Charles)*
Ob König oder nicht König, Charles, das ist mir völlig wurscht: Ich will nur Dich. Oh, Du machst mich so wild, so

wild...

CAMILLA und CHARLES küssen sich leidenschaftlich - was aber komisch wirken muss. Schließlich trennen sie sich wieder

CAMILLA *(zu Charles)*
Oh Charles, Charles…

CHARLES *(zu Camilla)*
Camilla... Baby... Na, komm!

CHARLES und CAMILLA stehen auf. CHARLES legt CAMILLA die Arme um die Schulter

CHARLES *(zu Camilla)*
Weißt Du, Camilla...

CAMILLA *(zu Charles)*
Na, Charles?

CHARLES *(zu Camilla)*
Ich wollte, ich könnte...

CAMILLA *(lachend zu Charles)*
Du kannst doch immer, Charles.

CHARLES *(zu Camilla)*
Ich meine... *(plötzlich enthusiastisch)* Das Leben ist voller Überraschungen. Und morgen ist bestimmt ein wundervoller Tag. Denk an mich!

CAMILLA blickt CHARLES fragend an

CAMILLA *(zu Charles)*
Also wenn **Du** das sagst, muss es wohl stimmen.

Die QUEEN tritt ein. CAMILLA und CHARLES trennen sich

QUEEN *(überfreundlich zu Camilla)*
Komm gut nach Hause, Camilla!

CHARLES *(zur Queen)*
Wir gehen noch auf mein Zimmer.

QUEEN *(zu Charles)*
Du musst aber auf jeden Fall noch baden, Charles! Und wechsle unbedingt die Unterwäsche und Socken: Wir sind hier nicht auf Camillas Tierfarm.

CHARLES *(zwischen den Zähnen)*
Mal sehen, wer hier baden geht...

CHARLES und CAMILLA verlassen die Stube. Die QUEEN sieht ihnen nach und stemmt die Arme in die Hüften

QUEEN
Wenn das Landei weg ist, werd´ ich erst mal gründlich lüften.

WILLIAM tritt ein

WILLIAM *(zur Queen)*
Heiße Info, Queeny: Charles weiß Bescheid. Er hat unser Gespräch belauscht.

QUEEN *(überrascht zu William)*
Ach?

WILLIAM *(zur Queen)*
Bin gerade dazugekommen, als er es Camilla auftischte.

QUEEN *(zu William)*
Oh, dieses Landei!

WILLIAM *(zur Queen)*
Als er mich sah, hat er auf sportlicher Verlierer gemacht. Und er ist mir auch überhaupt nicht böse - sagt er.

QUEEN *(zu William)*
Na ja, dann krieg ich wohl alles ab.

WILLIAM *(zur Queen)*
Aber Paps kann mir nichts vormachen: Hinter seiner Stirn tickt es: Der heckt irgendetwas aus.

QUEEN
Hm...

William *(zur Queen)*
Und Du weißt ja, Queeny: Für eine Überraschung ist er immer gut.

QUEEN *(zu William)*
Ach, was kann er schon anstellen, Will? Mit den Fotos haben wir ihn in der Hand, und an die kommt er nicht ran.

WILLIAM *(zur Queen)*
Klingt logisch, Queeny. Aber weißt Du, der hatte vorhin so

eine Art drauf... als... als ob er noch irgendwas in der Hinterhand hätte...

Die QUEEN umarmt WILLIAM lachend

QUEEN *(zu William)*
Nun mach Dir keinen Kopf, Will: Die Sache ist doch schon so gut wie gegessen.

WLLIAM *(zur Queen)*
Okay, Queeny!

Die QUEEN und WILLIAM trennen sich

QUEEN *(zu William)*
Ich überlege schon, welches Versöhnungsbonbon ich Deinem Vater zustecke...

William *(zur Queen)*
Und woran denkst Du?

QUEEN *(zu William)*
Na ja, vielleicht an ein gemütliches altes Landhaus: Er schwärmt ja dafür.

WILLIAM *(zur Queen)*
Wow, nicht schlecht!

QUEEN *(zu William)*
Aber so ganz okay ist es zwischen uns nicht mehr...

WILLIAM *(zur Queen)*
Ach, das glaub ich nicht, Queeny! Der wird sich schon

wieder einkriegen.

QUEEN (zu William)
Na ja, wie auch immer: Heute feiern wird erst mal Phils Geburtstag.

Die QUEEN schaut auf ihre Armbanduhr

QUEEN
Oh, jetzt muss ich aber zusehen!

PHILIP und HARRY treten ein

QUEEN
Und tschüss.

Die QUEEN verlässt die Stube. PHILIP nimmt die Zeitungen an sich, die auf dem ovalen Tisch liegen, und legt sich damit auf die Couch, wo er zu lesen beginnt, um nach einem Augenblick einzuschlafen. WILLIAM tritt an die Gardine und schaut nach draußen, während HARRY sich ein paar Kekse aus einer Schale auf dem runden Tisch nimmt, um sie genüsslich zu verzehren. Noch immer kauend begibt er sich zu WILLIAM

HARRY *(zu William)*
Na.

WILLIAM *(zu Harry)*
Na.

HARRY *(zu William)*
Mensch, ich hab´ keinen Bock auf die Feier heute Abend;

lauter Kalk-Typen, die ihre Prothesen spazieren führen.
Würd' mich am liebsten verdrücken.

WILLIAM *(grinsend zu Harry)*
Der Clou des Abends ist wahrscheinlich ein Rollstuhl-Rennen.

HARRY *(zu William)*
Oder Perücken-Weitwurf.

WILLIAM *(zu Harry)*
Und als Preise gibt es Kriegsauszeichnungen.

HARRY *(zu William)*
Aber aus dem Ersten Weltkrieg.

HARRY und WILLIAM lachen gedämpft. Das Telefon klingelt. CHARLES, der in diesem Augenblick eintritt, eilt zum Telefon und nimmt den Hörer ab

CHARLES
Ja? - Oh, hallo Anne! - Ihr könnt nicht kommen? Was ist passiert? - Bill hat einen Darmverschluss? Oh, dann steht es ihm bestimmt bis oben hin. - Ja, schade. Richte ich aus. - Bis dann..!

CHARLES legt wieder auf. WILLIAM und HARRY grinsen

CHARLES
Auf mich hat er immer verschlossen gewirkt.
Die QUEEN stürzt herein und stößt einen gellenden Schrei aus. PHILIP wird wach und springt vom Sofa auf;

CHARLES, HARRY und WILLIAM schauen erschrocken auf die QUEEN

QUEEN *(aufgeregt)*
Mein bestes Stück ist weg.

Die vier PRINZEN kreischen auf und fassen sich erschrocken ans Geschlechtsteil

QUEEN
...meine Lieblings-Brosche... Ihr wisst, ich wollte sie nachher tragen.

Die vier PRINZEN nehmen erleichtert ihre Hände vom Geschlechtsteil

QUEEN
Bin auf dem Rückweg vom Tresorraum kurz für kleine Mädchen im Gäste-WC gewesen und hab sie dort prompt auf dem Waschbecken liegen lassen. Als ich´s gemerkt hab´, bin ich sofort zurück: zu spät!

PHILIP *(kopfschüttelnd zur QUEEN)*
Wie kannst Du nur…?

WILLIAM *(zur Queen)*
Hast Du denn wirklich überall…?

CHARLES *(zur Queen)*
Tja, schlimm diese Ausfallerscheinungen im Alter.

QUEEN *(erbost zu Charles)*
Ausfallerscheinungen? Wo bleibt Dein Respekt, Charles?

CHARLES *(zur Queen)*
Ich erwarte ihn jeden Augenblick, Mama.

QUEEN *(zu Charles)*
Würde mich gar nicht wundern, wenn dieses Landei...

CHARLES *(zur Queen)*
Mama, sprich es nicht aus!

QUEEN *(zu Charles)*
Vielleicht denkt sie ja, wir haben genug von dem Klunker.

CHARLES *(zur Queen)*
Klar, und im Augenblick stromert sie durch das Schloss und klemmt sich alles unter den Arm, was nicht niet- und nagelfest ist.

QUEEN *(zu Charles)*
Wo ist sie denn überhaupt?

CHARLES *(zur Queen)*
Dort, wo die Füchse und die Hasen ihr Fell abgeben.

PHILIP *(tadelnd zur Queen)*
Also Liz, ich muss schon sagen...

QUEEN *(zu Philip)*
Musst Du nicht.

PHILIP schweigt beleidigt

HARRY *(zur Queen)*
Wir könnten ja noch mal alles absuchen.

WILLIAM *(zu Harry)*
Einschließlich des weiblichen Personals.

HARRY *(zu William)*
Du hast ja richtig gute Ideen.

QUEEN *(bedauernd)*
So ein schönes Teil. Hab´ ich bei meinem Staatsbesuch im Scheichtum Emun von diesem süßen Prinzen mit dem feurigen Blick bekommen. Ach, ich war damals noch blutjung...

CHARLES *(zur Queen)*
Bist Du doch noch - wenn man Dir glaubt.

QUEEN (in bestimmtem Tonfall)
Na gut, sobald der Trubel hier vorbei ist, kümmere ich mich um die Geschichte, und dann steppt der Bär.

Die QUEEN wendet sich auf der Stelle um und verlässt eilig die Stube. CHARLES, PHILIP, WILLIAM und HARRY sehen sich vielsagend an

HARRY
So ein Aufstand wegen dieser Brosche: Ist doch wirklich nicht das wertvollste Teil.

PHILIP *(zu Harry)*
Aber sie hängt sehr daran. Frag´ mich nicht, warum!

CHARLES wirft PHILIP einen ironischen Blick zu

CHARLES
Tja, wenn Broschen reden könnten...

WILLIAM
Ich wette, das Ding findet sich bald wieder an. Hier klaut doch niemand.

CHARLES
Wenn Sie's nicht runtergespült hat.

WILLIAM, HARRY und CHARLES lachen, während PHILIP keine Miene verzieht

HARRY
Queeny ist in letzter Zeit aber auch ziemlich zerstreut, nicht?

PHILIP *(zu Harry)* Ja, sie ist wirklich urlaubsreif. Diese Feste, Partys, Bälle und Empfänge schlauchen aber auch total. Naja, bald beginnt unser Trip durch die Commonwealth-Staaten: Das ist ja fast wie Urlaub.

CHARLES *(zu Philip)*
Vielleicht gefällt es Euch ja irgendwo so gut, dass Ihr gar nicht zurückkommen wollt...

PHILIP sieht CHARLES misstrauisch von der Seite an

PHILIP *(zu Charles)*
Nicht zurückkommen…?

CHARLES *(zu Philip)*
War ein kleiner Scherz.

PHILIP guckt dümmlich und lacht dann laut auf, wobei sich sein Gesichtsausdruck nicht verändert

HARRY
Ich finde die Reisen am coolsten, bei denen man nicht das Zimmer verlassen muss.

WILLIAM *(zu Harry)*
Du reist in letzter Zeit `n bisschen viel. Findest Du nicht? Vielleicht sollte ich ein paar heiße Telefonnummern rüberwachsen lassen, damit Du mal auf einen anderen Trip kommst.

HARRY *(zu William)*
Ich will mir doch nicht die Finger verbrennen.

Die QUEEN2 tritt ein. Sie ist schick gekleidet und trägt die vermisste Brosche. PHILIP, WILLIAM und HARRY sehen einander erstaunt an, während CHARLES leicht erschrickt

QUEEN2 *(ebenfalls leicht erschrocken)*
Oh, ich wollte eigentlich... *(freundlich)* Hallo Ihr!

Die vier PRINZEN gehen auf die QUEEN2 zu und bleiben vor ihr stehen

PHILIP *(zu Queen2)*
Wie konntest Du Dich denn so schnell…?

CHARLES *(zu Queen2)*
Schick siehst Du aus, Mama. Und die Brosche hast Du ja auch wiedergefunden. (nachdrücklich) Lag bestimmt noch im Gäste-WC!

QUEEN2 *(zu Charles)*
Wie? Ja, ja, im Gäste-WC. Die steht mir so gut…

WILLIAM
Wusste ich doch, dass sie niemand geklaut hat.

PHILIP *(zu Queen2)*
Dann ist das ja geklärt, Gott sei Dank.

QUEEN2 *(zu Philip)*
Ich freue mich schon so auf die Feier. Am liebsten würd´ ich mit Dir die ganze Nacht durchtanzen, mein Schnuckibärchen.

WILLIAM und HARRY sehen sich erstaunt an und grinsen, während CHARLES sich mit einem Ausdruck leichten Schreckens am Kopf kratzt

CHARLES *(zu Queen2)*
Mama, wolltest Du nicht…?

CHARLES deutet mit dem Kopf zur Tür. Die QUEEN2 reagiert nicht darauf

PHILIP *(erstaunt zu Queen2)*
Seit wann bin ich denn Dein Schnuckibärchen?

QUEEN2 *(zu Philip)*
Doch schon immer, mein Schnuckibärchen.

Die QUEEN2 kneift PHILIP in die Wange, zieht ihn dann zum Radio und schaltet es ein. Es erklingt ein moderner Song. Die QUEEN2 greift sich PHILIP und legt mit ihm einen flotten Tanz hin, wobei der PRINZ steif und hölzern wirkt. Dann stellt sie das Radio wieder aus. WILLIAM und HARRY klatschen, CHARLES eilt zur QUEEN2

PHILIP *(erstaunt)*
Ich wusste gar nicht, dass ich tanzen kann.

CHARLES *(zu Philip)*
Wir wissen es immer noch nicht.

CHARLES sieht der QUEEN2 in die Augen

CHARLES *(eindringlich zur Queen2)*
Mama, wir wollten doch noch kurz...

QUEEN2 *(zu Charles)*
Stimmt, Charles, mein Bester.

Die QUEEN2 kneift PHILIP noch einmal in die Wange

QUEEN2 *(zu Philip)*
Bis gleich, mein Schnuckibärchen.

PHILIP *(zur Queen2)*
Bis gleich, mein Schnucki..!

CHARLES hakt sich bei der QUEEN2 unter und geht mit ihr zu Tür. Dort dreht sich die QUEEN2 noch einmal um und winkt den zurückbleibenden drei PRINZEN zu

QUEEN2 *(zu Philip, William und Harry)*
Wir sehen uns, meine Lieben.

CHARLES verlässt mit QUEEN2 die Stube. WILLIAM, HARRY und PHILIP sehen ihr verblüfft nach

PHILIP
Was ist denn mit Liz los? So hab ich das alte Mädchen zuletzt vor dreißig, fünfunddreißig Jahren erlebt.

WILLIAM *(grinsend zu Philip)*
Vielleicht ein letztes Frühlingserwachen?

HARRY
Oder eine Weinprobe im engsten Kreis: Nur sie und der Wein!

WILLIAM *(zu Philip)*
Das könnte eine stürmische Nacht werden, Opa.

PHILIP *(zu William)* Also, davon hab´ ich im Wetterbericht nichts gehört.

WILLIAM und HARRY sehen sich vielsagend an und grinsen. Die QUEEN tritt ein. Sie ist ebenso gekleidet wie die QUEEN2 und trägt auch die verlorengegangene Brosche.

Sie baut sich vor den drei Prinzen auf

PHILIP *(zur Queen)*
Hast Du etwas vergessen?

QUEEN *(zu Philip)*
Ja, meine Geduld. Also, hopplahopp: Waschen, Klamotten wechseln! Die ersten Gäste trudeln gleich ein.

WILLIAM und HARRY *(zur Queen)*
Okay, Queeny.

WILLIAM und HARRY sehen sich vielsagend an

PHILIP *(zur Queen)*
Dein Schnuckibärchen beeilt sich, meine Liz.

Die QUEEN blickt PHILIP spöttisch-erstaunt an

QUEEN *(zu Philip)*
Schnuckibärchen…?

Die QUEEN bricht in lautes Gelächter aus

QUEEN *(zu Philip)*
Du wirst auf Deine alten Tage doch nicht komisch?
Naja, aber irgendwie passt es zu Dir.

PHILIP sieht die QUEEN verständnislos an, während sich WILLIAM und HARRY einen fragenden Blick zuwerfen

QUEEN
Übrigens: Habt Ihr gar nichts bemerkt?

Die drei PRINZEN zucken ratlos mit den Schultern. Die QUEEN tippt auf ihre Brosche

QUEEN
Meine Brosche… Ich hab meine Brosche wiedergefunden.

Die drei PRINZEN sehen sich verständnislos an

HARRY *(zur QUEEN)*
Aber das hattest Du uns doch schon eben erzählt.

Die QUEEN sieht HARRY fragend an

QUEEN *(zu Harry)*
Was…?

HARRY *(zur Queen)*
Ja, Du hast sie im Gäste-WC wiedergefunden.

Die QUEEN guckt HARRY verblüfft an. WILLIAM und PHILIP nicken bestätigend mit dem Kopf

QUEEN
Hab´ ich nun Alzheimer, oder was? Naja, solange ich nicht vergesse, dass ich die Queen bin, geht's ja noch.

CHARLES tritt in die Wohnstube

CHARLES *(zur Queen)*
Oh Mama, Du hast die Brosche wiedergefunden. Wo war sie denn?

WILLIAM, HARRY und PHILIP sehen sich verblüfft an

QUEEN *(zu Charles)*
Im Gäste-WC. Vielleicht ist es der Geburtstagsstress...

WILLIAM *(zu CHARLES)*
Aber das weißt Du doch schon. Hast Du doch gerade von Queeny gehört.

CHARLES tippt sich leicht erschrocken an die Stirn

CHARLES *(zu William)*
Oh Gott, stimmt ja auch. Hab´ ich nun Alzheimer, oder was?

Die QUEEN und CHARLES sehen einander verständnislos an und schütteln mit dem Kopf

QUEEN
Also, wir sehen uns gleich im Garten.

Die QUEEN dreht sich um und geht hinaus

PHILIP
Na denn.

CHARLES
Sag´ ich doch.

PHILIP, WILLIAM und HARRY schlendern hinaus, gefolgt von CHARLES, der sich noch einmal kurz umdreht und den Stinkefinger in Richtung QUEEN-Bild hebt. Draußen wird es dunkel. Nach einem kurzen Augenblick gehen die Wand-

lampen im Zimmer sowie die Gartenbeleuchtung draußen an. Aus dem Garten dringt Festlärm. CHARLES und die QUEEN2 treten ein. Diese ist so gekleidet wie bei ihrem letzten Auftritt, hat sich allerdings eine andere Brosche angesteckt. CHARLES trägt einen Schottenrock. Beide bleiben in der Mitte des Zimmers stehen

QUEEN2 *(zu Charles)*
Bin ich okay?

CHARLES *(zu Queen2)*
Ja, ja… Hast Du noch alles drauf?

QUEEN2 *(zu Charles)*
Klaro. Bin doch nicht senil, auch wenn ich immer noch nicht weiß, wie ich in den Schuppen gekommen bin, wo Du mich aufgegabelt hast. Ob ich schlafwandle?

CHARLES *(zu Queen2)*
Ach, pillepalle! Also denn, Mama…

CHARLES und die QUEEN2 treten auf den Balkon. Die QUEEN2 versucht, auf sich aufmerksam zu machen, indem sie mit den Armen winkt, während CHARLES mit dem Zeigefinger auf sie weist

QUEEN2 *(zu den Gästen im Garten)*
Eh, Leute, liebe Gäste, Blaublütler, Freunde, Mitesser…

Der Festlärm im Garten hält unvermindert an. Die QUEEN2 stößt mit Hilfe zweier Finger einen gellenden Pfiff aus, während CHARLES nicht aufhört, mit dem Finger auf sie zu weisen. Der Festlärm im Garten verebbt, die

Gäste schauen zum Balkon

QUEEN2 *(zu den Gästen im Garten)*
Also, bevor ich mich aufs Ohr lege, hab´ ich noch éine Message für Euch: Schätze, das wird Euch interessieren. Ich finde nämlich, dass ich lange genug die Krone getragen habe. Bevor ich mir nun Schwielen hole, geb´ ich sie an meinen Sohn Charles weiter - so in eineinhalb Jahren, meinetwegen zu Silvester. Charles ist `n cooler Typ, wie ihr wisst: Der wird bestimmt eine geile Regentschaft hinlegen. Und irgendwann ist natürlich auch William dran: Aber der muss erst mal seine Eierschalen loswerden. Na, ist das eine Massage, oder nicht…?

Durch die große Schar der Gäste im Garten geht ein Raunen. Beifall und Hochrufe werden laut. CHARLES und die QUEEN2 winken den Gästen freundlich zu, umarmen sich herzlich und gehen wieder auseinander

CHARLES *(zu den Gästen)*
Tja, Leute, was soll ich sagen? Ich bin happy, einfach happy. Viel mehr fällt mir dazu nicht ein.

Jubel der Gäste, denen CHARLES freundlich zuwinkt

CHARLES *(zu den Gästen)*
Aber ich möchte natürlich meiner Alt... meiner Ma danken: Hat zwar ein bisschen gedauert, bis sie mit ihrer Entscheidung rübergekommen ist, aber besser spät, als gar nicht.

Jubel der Gäste. CHARLES umarmt die QUEEN2

QUEEN2 *(zu den Gästen)*
Tja, das war's eigentlich auch schon. Werd´ mich dann mal in die Falle hauen: War doch ein ziemlich stressiger Tag. Feiert noch schön, und tschüssi!

CHARLES *(zu den Gästen)*
Und wer mehr wissen will: Der Zeitschriften-Kiosk neben unserer Hütte hat morgen ab zehn geöffnet!

CHARLES und die QUEEN2 winken den GÄSTEN noch einmal zu und verlassen Balkon und Stube. Die Bühne wird verdunkelt und nach einem kurzen Augenblick wieder erhellt. Die QUEEN tritt im Morgenmantel ein; in der Hand hat sie eine Tasse Tee, die sie auf einen Tisch stellt. Dann geht sie kurz auf den Balkon, wirft einen Blick in den Garten und geht dann zurück in die Stube. Dort setzt sie sich an den Tisch und trinkt ihren Tee. PHILIP tritt ein. Er trägt einen Morgenmantel und wirkt noch ziemlich verschlafen. PHILIP setzt sich zu der QUEEN an den Tisch

PHILIP *(muffelig zur Queen)*
Moin!

QUEEN *(zu Philip)*
Du siehst aus, als ob Du aus dem Bett gefallen bist.

PHILIP *(zur Queen)*
Ach, ich hab´ fast die ganze Nacht kein Auge zugemacht.

QUEEN *(zu Philip)*
Aber von dem Lärm im Garten hört man doch im hinteren Flügel nicht die Bohne.

PHILIP *(zur Queen)*
Hab´ wohl zu viel genascht.

QUEEN *(zu Philip)*
Doch wohl nicht von dem süßen Früchtchen mit dem tiefen Dekolleté.

PHILIP *(entrüstet zur Queen)*
Ich könnte ihr Vater sein.

QUEEN *(zu Philip)*
Und, bist Du's?

PHILIP *(zur Queen)*
Also, Liz, ich hab´ keine Lust, so früh am Morgen...

QUEEN *(zu Philip)*
Und abends auch nicht.

WILLIAM tritt ein. Er wirkt äußerst schlecht gelaunt. Als er die QUEEN sieht, will er sich umdrehen und wieder die Stube verlassen, entschließt sich aber doch, zu bleiben. Er schlendert an dem Tisch vorbei, an dem die QUEEN und PHILIP sitzen, grüßt muffelig mit „moin!" und geht auf den Balkon. PHILIP und die QUEEN werfen sich einen fragenden Blick zu

QUEEN *(zu Philip)*
Bei uns scheint heute der Gute-Laune-Virus zu grassieren...

PHILIP *(zur Queen)*
Die meisten Männer sind wohl Morgen-Muffel.

QUEEN *(zu Philip)*
Und auch für den Rest des Tages ungenießbar.

PHILIP wirft der QUEEN einen misstrauischen Blick zu

QUEEN *(zu Philip)*
Anwesende natürlich ausgenommen, mein Schnuckibärchen.

Die QUEEN lacht laut auf. WILLIAM verlässt den Balkon und will an der QUEEN und PHILIP vorbei hinausgehen

PHILIP *(zu William)*
He, Will: Was ist los?

WILLIAM *(zu Philip)*
Nichts. Was soll sein?

QUEEN *(zu William)*
Na, nun lass´ es schon raus: Du hast doch irgendwas!

WILLIAM *(zur Queen)*
Willst Du mich verarschen?

Die QUEEN schaut WILLIAM fast ein wenig böse an

QUEEN *(zu William)*
Wie meinst Du das?

WILLIAM *(zur Queen)*
Also das hätte ich niemals von Dir gedacht, Queeny, so ein übles Spiel mit mir zu spielen. Ich bin tief enttäuscht von Dir.

PHILIP und die QUEEN schauen WILLIAM verblüfft an

QUEEN *(zu William)*
Würdest Du mir bitte erklären, wovon Du sprichst, Will?

WILLIAM *(böse zur Queen)*
Jetzt langt's mir aber.

WILLIAM will hinauslaufen, wird aber von der QUEEN gebremst

QUEEN *(im Befehlston zu William)*
William, Du bleibst hier!

WILLIAM bleibt stehen und dreht sich langsam zur QUEEN um

WILLIAM *(zur Queen)*
Und…?

QUEEN *(zu William)*
Du sagst mir jetzt sofort, was los ist!

WILLIAM *(zur Queen)*
Was soll das?

QUEEN *(zu William)*
Ich will es hören, auf der Stelle!

WILLIAM *(zur Queen)*
Weshalb?

Der Diener JAMES tritt ein; er hat einen Stapel Zeitungen

in der Hand

JAMES
Die Morgenzeitungen.

PHILIP *(zu James)*
Legen Sie sie auf den Tisch, James

JAMES gehorcht

JAMES *(zur Queen)*
Einige berichten schon über Ihre gestrige Balkonrede, Mam.

QUEEN und PHILIP *(erstaunt zu James)*
Balkonrede…?

Die QUEEN und PHILIP sehen sich fragend an, greifen sich dann hastig einige Zeitungen und verschlingen die entsprechenden Artikel. Während PHILIP erstaunt mit dem Kopf schüttelt, packt die QUEEN Fassungslosigkeit. WILLIAM steht daneben und weiß nicht, was er davon halten soll

PHILIP *(zur Queen)*
Bist du denn gestern noch mal aufgestanden, Liz…?

QUEEN *(indem sie die Zeitungen auf den Tisch knallt)*
Das ist doch… das kann doch nicht... (laut) Mein Gott...!

CHARLES tritt ein. Er hat eine Stehleiter sowie ein Bild dabei

CHARLES *(zur Queen)*
Hast Du mich gerufen, Mama…?

CHARLES stellt die Stehleiter sowie das Bild mit der Bildseite an die Wand und begibt sich zu der Gruppe mit der QUEEN. Die QUEEN blickt CHARLES wie einen Fremden an - und bekommt mehrere Schreikrämpfe - was aber komisch wirken muss. Dabei wirft sie die Zeitungen, die sie in der Hand hat, auf den Tisch. Der Diener JAMES bietet der QUEEN einen Flachmann an, den er aus seiner Hosentasche zieht

JAMES *(zur QUEEN)*
Trinken Sie erst mal einen Schluck!

Die QUEEN wehrt ab. JAMES steckt den Flachmann wieder ein. HARRY tritt ein

HARRY
Was ist denn hier los?

PHILIP *(zu James)*
Besorgen Sie schnell Baldrian-Tropfen!

JAMES *(zu Philip)*
Die wirken doch überhaupt nicht.

QUEEN *(aufgebracht zu Philip)*
Ich brauch keine Baldrian-Tropfen. Ich will wissen, was das bedeutet!

Die QUEEN weist auf die Zeitungen auf dem Tisch

James *(kopfschüttelnd)*
Baldrian-Tropfen…!

PHILIP *(zur Queen)*
Aber das musst Du doch wissen.

CHARLES *(zur Queen)*
Was steht denn so Schlimmes drin?

Die QUEEN greift sich eine Zeitung und hält sie CHARLES vor die Nase

QUEEN *(zu Charles)*
Guck Dir das an: Du und ich auf dem Balkon gestern Abend.

CHARLES *(zur Queen)*
Du wirkst so glücklich - und ich auch...

HARRY *(zu Charles)*
Gratuliere, Paps: Nicht mehr lange, und Du machst hier die Ansage…

QUEEN *(fast hysterisch zu Charles)*
Ich war gestern Abend nicht mit Dir auf dem Balkon! Und ich habe auch nie gesagt, dass ich in achtzehn Monaten zurücktrete, um Dir Platz zu machen!

HARRY und WILLIAM sehen sich verblüfft an. PHILIP guckt verständnislos. Alle drei PRINZEN verfolgen das weitere Geschehen mit großem Erstaunen

CHARLES *(zur Queen)*
Stimmt: Du sagtest: eineinhalb Jahre. *(schwärmerisch)* War schon cool, was da bei unseren Gästen abging! So ein Jubel..!

HARRY *(zu CHARLES)*
Voll die Euphorie! *(zu William)* Stimmt's, Will?

WILLIAM blickt zu Boden, die QUEEN guckt schockiert

PHILIP
Ich verstehe gar nichts mehr...

QUEEN *(schockiert)*
Also ich erst recht nicht. Bin ich hier denn im falschen Film oder was...? Das ist doch nicht... möglich… Dann muss ich ja gestern Abend einen Riesen Blackout gehabt haben.

CHARLES *(zur Queen)*
Oder einen lichten Moment.

QUEEN *(entsetzt)*
Das... ist... ja... absolut... shocking…

Die QUEEN sieht erschüttert einen nach dem anderen in der Runde an - zuletzt CHARLES - und bekommt einen lang anhaltenden Schreikrampf, der aber komisch wirken muss. PHILIP, CHARLES, WILLIAM und HARRY halten sich die Ohren zu. JAMES bietet der QUEEN zum zweiten Mal den Flachmann an. PHILIP nimmt ihn an sich und trinkt einen kräftigen Schluck, um ihn dann zurückzugeben

JAMES *(zu Philip)*
Das ist ein Rachenputzer, wie?

PHILIP *(zu James)*
So, Sie können jetzt gehen, James!

JAMES *(zu Philip)*
Das konnte ich schon immer.

James bleibt

WILLIAM *(zur Queen)*
Ich war mit Harry im Garten, als Du Deinen Auftritt mit Paps hattest. Ich war wie vor den Kopf geschlagen.

Die QUEEN tritt näher an WILLIAM heran

QUEEN *(zu William)*
Logisch, Will. Aber Du kannst mir glauben...

WILLIAM *(zur Queen)*
Ich weiß nicht, was ich glauben soll, Queeny: Ist das alles wahr oder ziehst Du oder ihr hier *(weist mit dem Kopf auf Charles)* eine Show ab. Keine Ahnung...

QUEEN *(zu William)*
Eine Show..? Also Will!

Die QUEEN schwankt leicht und hält sich an dem Tisch fest. WILLIAM, HARRY und PHILIP, der rasch aufspringt, stützen sie und helfen ihr, sich zu setzen. Anschließend nimmt PHILIP wieder Platz

QUEEN
Ich bin so durch den Wind... Was mach ich denn bloß...?

CHARLES *(zur Queen)*
Du könntest mir erst mal gratulieren!

Die QUEEN macht gegenüber CHARLES eine abwehrende Bewegung mit den Händen

CHARLES *(zur Queen)*
Ich bin überglücklich, Mama. Und Deinem Blackout möchte Ich sagen: Danke Blackout!

Die QUEEN guckt säuerlich

PHILIP *(zur Queen)*
Sieh's doch einfach locker und freu´ Dich auf den Ruhestand, Liz. Dann kannst Du endlich `ne ruhige Kugel schieben.

QUEEN *(zu Philip)* Du hast ja in Deinem ganzen Leben nichts anderes getan.

CHARLES *(zu James)*
Helfen Sie mir mal, James!

CHARLES geht, gefolgt von JAMES, zu dem Bild, das er mitgebracht hat, stellt die Leiter auf und steigt hinauf

QUEEN *(zu Charles)*
Was hast Du vor?

CHARLES *(zur Queen)*
Ich häng' mich auf.

CHARLES nimmt das Bild der QUEEN ab und reicht es James. Die QUEEN und PHILIP stehen auf und gehen eilig zu CHARLES, ebenso HARRY, während WILLIAM am Tisch stehen bleibt

HARLES *(zu James)*
Hier, James. Und geben Sie mir bitte das andere Bild!

JAMES nimmt das QUEEN-Bild und lehnt es an die Wand, um CHARLES dann das andere Bild zu reichen

QUEEN *(aufgebracht zu Charles)*
Geh'n sie jetzt mit Dir durch - oder was? Häng sofort mein Bild wieder auf, Charles!

CHARLES lässt sich nicht beirren und hängt sein Porträt auf: Es stellt ihn mit einem breiten Grinsen und fast karikaturhaft dar. Die QUEEN, PHILIP und WILLIAM sowie PHILIP betrachten es verblüfft

CHARLES *(zur Queen)*
Schönheit vor Alter, Mama.

QUEEN *(zu Charles)*
Was fällt Dir ein, Charles?

CHARLES *(zur Queen)*
Eine ganze Menge: Gib mir ein Stichwort.

QUEEN *(aufgebracht zu Charles)*
Charles, wenn Du nicht sofort...

CHARLES *(zur Queen)*
Na, was dann…?

CHARLES steigt von der Leiter hinunter, klappt sie zusammen und weist auf sein Bild

CHARLES
Das hat doch was - nicht?

PHILIP *(kopfschüttelnd zu Charles)*
Also, Charles..!

HARRY *(grinsend zu Charles)*
Wer hat denn das gemalt, Paps?

CHARLES *(zu Harry)*
Das müsstest Du doch am genialen Pinselstrich erkennen: ich natürlich.

HARRY grinst. WILLIAM, der einen eher zufälligen Blick auf die obere Zeitung wirft, wird stutzig und nimmt sie an sich, um sich das Bild mit der QUEEN und CHARLES genauer zu betrachten

QUEEN *(zu James)*
James, Sie nehmen jetzt sofort das Bild ab und hängen meines wieder auf!

JAMES *(zur Queen)*
Trotz eines Bandscheibenvorfalls vor einiger Zeit?

QUEEN *(zu James)*
Ja - wenn Sie keinen Vorfall mit mir riskieren wollen.

JAMES *(zur Queen)*
Na gut, auf Ihre Verantwortung.

JAMES will die Leiter an sich nehmen, was CHARLES allerdings verhindert

CHARLES *(zu James)*
Sie lassen das Bild dort hängen, James. Und bringen Sie bitte die Leiter hinaus!

QUEEN *(zu James)*
Haben Sie was mit den Ohren, James? Los, rauf auf die Leiter!

CHARLES *(zu James)*
Verdünnisieren Sie sich endlich, James!

CHARLES und QUEEN *(gleichzeitig)*
Nun machen Sie schon, James!

JAMES *(zu Charles und der Queen)*
Ach, ich hab´ ja ganz vergessen: Ich muss dringend zu einer Beerdigung. Wir sehen uns.

JAMES verlässt die Wohnstube. CHARLES sieht ihm grinsend, die QUEEN böse nach. PHILIP schüttelt verständnislos mit dem Kopf. WILLIAM geht mit der Zeitung zur

QUEEN

WILLIAM *(zur Queen)*
Sag´ mal, Queeny: Du hast doch gestern Abend Deine Lieblingsbrosche getragen, nicht?

QUEEN (zu William)
Ja. Wieso?

WILLIAM *(zur Queen)*
Hier auf dem Foto trägst Du aber eine andere.

WILLIAM zeigt der QUEEN das Foto in der Zeitung. HARRY und PHILIP werfen ebenfalls einen Blick darauf

QUEEN
Tatsächlich! Das ist mir gar nicht aufgefallen.

CHARLES *(zur Queen)*
Wer weiß, wie Du das wieder angestellt hast...

CHARLES lehnt die Leiter an die Wand und betrachtet vergnüglich sein Bild. Die QUEEN wirft noch einmal einen nachdenklichen Blick auf das Zeitungsfoto - und schaut in plötzlicher Erkenntnis hoch

QUEEN *(entgeistert zu Charles)*
Charles, wer ist diese Frau?

WILLIAM und HARRY schauen sich erstaunt an. CHARLES dreht sich langsam um - so, als könne er sich nicht vom Anblick seines Bildes lösen

WILLIAM
Das ist es! Ich wusste doch, dass Paps was ausheckt.

HARRY *(mit bewunderndem Unterton zu Charles)*
Also Paps...!

PHILIP
Was geht denn hier bloß ab? *(zu Charles)* Charles, würdest Du mir mal erklären, was das zu bedeuten hat...?

CHARLES tippt auf das Zeitungsfoto

CHARLES
Und wer, um Gottes Willen, ist denn dieser Mann?

QUEEN *(aufgebracht zu Charles)*
Du steckst dahinter. Du hast diese Geschichte von vorne bis hinten gestrickt.

CHARLES *(frech zur Queen)*
Ja, und jetzt könnt Ihr Euch warm anziehen.

QUEEN *(empört zu Charles)*
Das ist ja so eine linke Kiste...

CHARLES *(zur Queen)*
Da fehlt einem glatt der rechte Glaube, gelle?

HARRY *(bewundernd zu Charles)* Hattest wohl das Warten dicke, wie, Paps?

CHARLES *(zu Harry)*
Hab´ viel zu lange auf die Dicke gewartet.

Die QUEEN ballt ihre Fäuste

QUEEN *(böse zu Charles)*
Oh, Du…

CHARLES *(zur Queen)*
Wer, ich..?

PHILIP *(zu Charles)*
Verstehe ich richtig, dass Du...?

CHARLES *(zu Philip)*
Du verstehst bestimmt richtig.

PHILIP *(zu Charles)* Und die nette Frau, die mit mir getanzt hat, war nicht...

CHARLES weist von oben mit dem Finger auf die QUEEN

CHARLES *(zu Philip)*
Nicht die Braut hier. Das war eine andere - die mit dem Schnuckibärchen tanzte.

Die QUEEN guckt empört

HARRY *(zu Philip)*
Kannst sie ja engagieren, wenn Du Sehnsucht hast.

CHARLES *(zu Harry)*
Diese nicht! Ist eine Frau, die sich für die Queen hält, aber völlig harmlos. Die kann erzählen, was sie will...

HARRY *(bewundernd zu Charles)*
Genial, Paps.

QUEEN *(empört zu Charles)*
Es ist ein absoluter Skandal...

CHARLES *(zur Queen)*
Mich erpressen zu wollen? Kann man sagen.

PHILIP *(zu Charles)*
Erpressen…?

PHILIP und HARRY werfen der QUEEN und CHARLES erstaunte Blicke zu, während WILLIAM verlegen guckt

CHARLES *(zu Philip)*
Tja, Mama kennt nichts, wenn es darum geht, Will zum nächsten Thronfurzer zu machen. Und Will würde gerne, wenn es ginge, gelle?

CHARLES wirft WILLIAM wirft einen kurzen Blick zu, der zwischen Verlegenheit und Trotz schwankt

PHILIP *(erbost zur Queen und zu William)*
Ich glaub es nicht…

QUEEN *(zu Philip)*
Willst Du's schriftlich?

PHILIP *(zu Charles)*
Jetzt verstehe ich Dich, Charles.

QUEEN *(ironisch zu Philip)*
Und so schnell.

HARRY *(zu Charles)*
Womit wollte Dich Queeny denn...?

QUEEN
Ich finde eben, wir brauchen einen coolen, frischen Regenten! *(zu Charles)* War nicht persönlich gemeint, Charles.

CHARLES *(zur Queen)*
Ich hab's auch nicht persönlich gemeint, Mama. Ich finde nur, das Land braucht einen reifen Kronenträger.

QUEEN *(zu Charles)*
Und wie kommst Du dann auf Dich?

Die QUEEN lacht schallend

WILLIAM *(zu Charles)*
Wir hatten doch schon darüber gesprochen, Paps: Ich dachte, Du nimmst es sportlich?

PHILIP *(zu William)*
Sportlich? Also, Will!

HARRY *(zu William)*
Dann nimmst Du's bestimmt auch sportlich, dass Du verloren hast, Will!

WILLIAM *(zu Charles)*
Verloren? Wieso? Queeny braucht doch nur an die Öffentlichkeit zu gehen und...

HARRY fasst sich verständnislos an die Stirn

HARRY *(zu William)*
Und was...? Sagen, dass alles ein Irrtum war und Du King Spielen sollst...? Haha...! Oder soll sie die Geschichte mit der Doppelgängerin auftischen...? Das gäbe einen Skandal wie es noch keinen gegeben hat...

CHARLES Und wenn dann noch, durch eine kleine Indiskretion meinerseits, der Erpressungsversuch herauskäme...

HARRY
Dann könnten wir als Royals einpacken.

CHARLES klopft HARRY anerkennend auf die Schulter
PHILIP und die QUEEN sehen einander erschrocken an

PHILIP *(bestürzt)*
Das wäre das Ende der Monarchie...

QUEEN
Der Supergau...

Die vier ROYALS sehen einander viel sagend an und schweigen einen Augenblick - um sich dann alle gleichzeitig zu setzen

QUEEN *(zu William)*
Du musst Dich damit abfinden, Will: Dein Vater hat die Nase vorn.

CHARLES fasst sich an die Nase

CHARLES *(zur Queen)*
Schon immer gehabt.

QUEEN *(zu William)*
Aber irgendwann reicht er ja den Stab an Dich weiter.

CHARLES *(ironisch zu William)*
Es kann sich nur um einige Jahrzehnte handeln.

HARRY *(anerkennend zu Charles)*
Jetzt hast Du's geschafft, Paps.

CHARLES setzt ein nachdenkliches Gesicht auf

CHARLES
Nein, nein, so nicht..!

CHARLES springt auf und beginnt, in der Stube hin- und her zu laufen. Die anderen schauen sich fragend an

CHARLES
Auf diese Weise will ich nicht Kronenträger werden.

Die anderen schauen sich fragend an

CHARLES
Ich werd´ eine Erklärung im TV abgeben und die ganze Wahrheit auf den Tisch legen. Und dann zieh ich mich aus der Öffentlichkeit zurück.

PHILIP und die QUEEN zucken erschrocken zusammen

PHILIP und die QUEEN *(gleichzeitig)*
Die ganze Wahrheit…?

HARRY *(zu Charles)*
Was soll denn das jetzt, Paps?

WILLIAM *(zu Charles)*
Du hast doch selber gesagt, dass wir dann einpacken können.

PHILIP *(zu Charles)*
Du musst doch auch an unsere Familie denken!

QUEEN *(zu Charles)*
Charles, was bliebe uns denn noch, wenn wir nicht mehr die Royals wären... *(nach einer kleinen Pause)* …außer einem kaum unüberschaubaren Vermögen...

PHILIP
...einer Hand voll Schlösser, Burgen, Kastelle und anderen Immobilien..?

WILLIAM
...riesigen Ländereien im In- und Ausland...?

HARRY
...einem Fuhrpark und einer See- und Luftflotte, mit der eine Armee in den Krieg ziehen könnte..?

QUEEN *(niedergeschlagen zu Charles)*
Charles, Du kannst doch nicht wollen, dass wir nicht mehr die Royals sind…

PHILIP *(zu Charles)*
Charles, krieg´ Dich wieder ein!

CHARLES
Tut mir leid, ich habe mich entschieden: Ich will nicht durch Betrug auf den Thron kommen.

QUEEN *(ein wenig verkniffen zu Charles)*
Betrug...? Was heißt hier Betrug...?

PHILIP *(zu Charles)*
Davon kann doch wirklich keine Rede sein.

QUEEN *(zu Charles)*
Du hast dafür gesorgt. Naja... dass... die natürliche Thronfolge erhalten bleibt...

PHILIP *(zu Charles)*
Du hast Dir nur geholt, was Dir rechtmäßig zusteht. Das hat mit Betrug nichts zu tun.

CHARLES
Gebt Euch keine Mühe: Ich weiß, was ich getan habe. Und dafür werde ich geradestehen.

WILLIAM *(zu Charles)*
Paps, was hier abgegangen ist, ist eine Familienkiste: Das geht nur uns etwas an.

CHARLES *(entschieden)*
Mein Entschluss steht fest!

QUEEN *(zu Charles)*
Charles, ich bitte Dich...!

CHARLES *(zur Queen)*
Umsonst.

QUEEN *(zu Charles)*
Ich bin doch eigentlich an allem Schuld. Sag´ mir: Was soll ich tun, damit Du..?

CHARLES knurrt leise zwischen seinen Zähnen

CHARLES *(zur Queen)*
Du sollst auf Deinem Zahnfleisch...

QUEEN *(zu Charles)*
Was...?

CHARLES *(zur Queen)*
Na gut, überredet: Ich geh mit der Story nicht an die Öffentlichkeit und werd´ den Königsjob machen. Aber irgendwie ist es voll gegen mein Gewissen.

Die QUEEN steht auf und umarmt CHARLES, der es nur widerwillig zulässt

QUEEN *(zu Charles)*
Ach, Charles, Du bist doch der Beste.

PHILIP und HARRY nicken zustimmend, während WILLIAM seine Fingernägel betrachtet. DIE QUEEN und CHARLES nehmen wieder Platz - Letzterer neben WILLIAM. DIESER reicht CHARLES zögernd die Hand

WILLIAM *(zu Charles)*
Versöhnung, Paps..?

CHARLES *(zu William)*
Na gut, Will, ich bin nicht nachtragend. Wäre mir auch viel zu anstrengend.

CHARLES und WILLIAM geben sich die Hand

PHILIP *(zu Charles)*
Jetzt sind wenigstens klare Verhältnisse. *(zur Queen)* Tja, und auf Dich kommt ein neuer Lebensabschnitt zu.

QUEEN *(zu Philip)*
Und plötzlich ist das Leben wie abgeschnitten...

Es klingelt an der Haustür. HARRY steht auf

HARRY
Das ist bestimmt Brad: Er wollte mir etwas vorbeibringen.

CHARLES *(zu Harry)*
Ist es wieder...?

HARRY *(zu Charles)*
Stoff - was sonst.

CHARLES *(zu Harry)*
Du mit Deinem Uniform-Tick! Du könntest bestimmt schon eine Untergrund-Armee einkleiden.

HARRY *(zu Charles)*
Für jede Party das passende Modell.

CHARLES lacht laut auf

CHARLES *(zu Harry)*
Aber niemals vergessen, die Medienmeute einzuladen.

HARRY tippt an die Stirn und verlässt die Stube. PHILIP steht ebenfalls auf und fasst sich ans Kreuz

PHILIP
Ich leg' mich noch 'n bisschen aufs Ohr. Fühle mich wie gerädert.

CHARLES *(zu Philip)*
Hast Du in der Folterkammer übernachtet?

PHILIP verlässt die Stube. Die QUEEN betätigt die Klingel, um JAMES zu rufen

QUEEN
Und ich brauch erst mal 'nen starken Tee. *(zu Charles)* Aber das Bild hängst Du wieder auf, ja?

CHARLES *(zur Queen)*
Willst Du's nicht bei Ebay versteigern? Vielleicht bringt es ja noch was - zumindest der Rahmen.

Die QUEEN wirft CHARLES einen giftigen Blick zu

CHARLES *(zur Queen)*
Na gut, meinetwegen! Irgendwo im Schloss finden wir bestimmt noch ein Plätzchen dafür...

WILLIAM und QUEEN werfen sich einen viel sagenden

Blick zu. Es klingelt an der Haustür. Kurz darauf erscheint der Butler JAMES in der Wohnstube

WILLIAM *(grinsend zu James)*
Na, wie war's auf der Beerdigung?

JAMES *(zu William)*
Ach, nichts Besonderes: Ist doch immer das Gleiche. Was ich sagen wollte: Draußen sind zwei Typen. Der eine will eine Spende für irgendeinen Verein, der andere etwas über seinen neuen Glauben erzählen...

QUEEN *(zu James)*
Von welchem Verein..?

CHARLES *(zu James)*
Dem Vereinsfuzzi können Sie ausrichten, dass er nichts kriegt: Für uns spendet auch niemand. Und dem Apostel sagen Sie, wir glauben alles – wenn er nur wieder geht. Oder halt: Das sag´ ich ihm selber.

CHARLES steht auf und geht hinaus

QUEEN *(zu James)*
Bringen Sie mir bitte einen schwarzen Tee!

WILLIAM *(zu James)*
Mir auch.

JAMES
Weshalb eigentlich nicht?
JAMES nimmt das benutzte Service auf dem Tisch mit und

geht hinaus. Die QUEEN steht auf und geht in der Stube auf und ab, wobei sie die Fäuste ballt. WILLIAM dreht sich zu ihr um

QUEEN
Oh Charles, Du… Diese Runde... ist zwar an Dich gegangen... Aber auf dem Siegertreppchen... stehst Du noch längst nicht...

WILLIAM *(zur Queen)*
Du gibst noch nicht auf, Queeny...?

QUEEN *(zu William)*
Seh´ ich so aus?

WILLIAM
Hast Du denn schon eine Idee?

QUEEN *(zu William)*
Das nicht. Aber wir haben ja noch `n bisschen Zeit... Mir fällt bestimmt etwas ein.

WILLIAM steht auf und geht zur QUEEN

WILLIAM
Oh das wär ja super, Queeny!

QUEEN

Aber wir müssen mega vorsichtig sein. Dein Vater kann sich denken, dass da noch etwas gegen ihn läuft.

WILLIAM
Versteht sich.

Die QUEEN geht zu ihrem Bild, das an der Wand lehnt, und nimmt es an sich

QUEEN
So, das nehm´ ich mit.

Die QUEEN schaut zu CHARLES Bild hoch, WILLIAM stellt sich neben sie. Beide fangen an zu grinsen, um dann in lautes Gelächter auszubrechen. CHARLES tritt, unbemerkt von ihnen, ein. Er stellt sich hinter sie, schaut ebenfalls zu seinem Bild hoch und lacht laut mit. Die anderen bemerken ihn und drehen sich um: Alle drei verstummen schlagartig

QUEEN
Naja, dann will ich mal.

WILLIAM
Ich auch.

Die QUEEN und WILLIAM verlassen die Stube. Der Butler JAMES tritt ein, um den Tee zu bringen. CHARLES weist auf den Tee

CHARLES
Den dürfen Sie wieder mitnehmen und selber trinken.

JAMES
Ist das hier eine Arbeitsbeschaffungsmaßnahme, oder was?

JAMES verlässt die Wohnstube. Das Telefon klingelt. CHARLES geht hin und nimmt den Hörer ab. Als er hört, dass es CAMILLA ist, lümmelt er sich in den Sessel neben dem Tisch mit dem Telefon und legt die Beine darauf. Wichtig ist, dass er mit dem Rücken zur Tür sitzt. Während er spricht, strömen unbemerkt immer mehr Reporter herein. Als diese die Brisanz des Gesagten begreifen, zücken sie ihre Schreibblöcke und schreiben alles mit oder stellen ihre Diktiergeräte an - alles fast geräuschlos

CHARLES
High, Camilla! - Ja, ist das nicht sensationell? Hab Dir gestern doch gesagt, dass dies ein schöner Tag wird. - Ja, danke. - Hm? - Weil ich etwas nachhelfen musste und Dich da nicht reinziehen wollte. - Am besten. Ich verklicker Dir mal die Story: Wirst aus dem Staunen nicht mehr herauskommen. - Hör einfach zu: Wie Du weißt, wollte Mama mich erpressen, damit ich den Weg freimache für Will als nächsten Kronenträger. - Tja, und da hab ich eben gehandelt und 'ne Doppelgängerin von Mama vorgeschickt, um klare Verhältnisse zu schaffen. - Ja, die Alte gestern Abend auf dem Balkon war 'ne Queen-Doublette. - Nenne es wie Du willst: Auf jeden Fall habe ich mein Ziel erreicht. - Ach, keine Sorge: Jeder weiß, dass sie 'nen Haschmich hat und sich für die Queen hält. Die kann ablassen, was sie will: Niemand nimmt sie ernst. Ist im Übrigen völlig harmlos. - Mama? Was soll sie machen? Wenn die Geschichte auffliegt, ist es aus mit den Royals: Dann können wir die Koffer packen und uns 'ne Insel suchen. - Tja, hab ich irgendwie genial eingefädelt, gelle, Cam? - Gut, ja. Ich freue mich schon auf unseren Spaziergang. Schätze, wir haben uns noch 'ne Menge zu erzählen. - Bis gleich!

CHARLES legt auf, erhebt sich und dreht sich in Richtung Tür um - und erstarrt

CHARLES
Oh Scheiße - das Pressegespräch..! *(hält die Arme wie abwehrend von sich)* Also es ist nicht so, wie es sich vielleicht angehört hat…

Ein Tumult bricht aus. Die Reporter stürzen auf CHARLES zu, über den ein Blitzlichtgewitter sowie eine Flut von Fragen hereinbrechen. Nacheinander eilen die QUEEN, PHILIP, HARRY und WILLIAM in die Stube und werden ebenfalls von den Reportern eingekeilt und mit Fragen überschüttet. Die Stimme der QUEEN ist aus dem Lärm herauszuhören

QUEEN *(laut und eindringlich)*
Oh Charles, Duuuuuu…

CHARLES *(zur Queen)*
Mama, ich kann nichts dafür…!

Ende